JN132854

糖尿病医の言い分

野中共平著作集 I

論創社

はじめに　一糖尿病医の管見――なにわ（難波）からしらひわけ（白日別）へ

人の寿命は今では百年前後に伸びたがそれでも短い。志を立て郷関を出たのはついこの間のように思っていたが、いつの間にかこの世に生きた証《あかし》（終活？）を残す年齢になった。私は故郷松山から大阪大学に学び、多くの優れた先達・学友から医学を学んでいるうちに第一の人生は図らずも大学（大阪大学と久留米大学）で過ごすことになった。講義や実習を担当するようになってからは、若い医師諸君と臨床の研究に打ち込み、望外の充実した医師人生を送ることが出来た。定年になり、久大で同門会長を務めて頂いた医師の経営する私立病院で八年足らず勤務し、帰阪後は大阪近郊の市立病院で約四年間を過ごした。したがって大学病院と一般病院での勤務医生活が私の大半の医師人生である。

一時期朝日新聞の連載コラムも担当した天野祐吉君は東京生まれだが私と同い年で、同君の旧制中学時代はご尊父の故郷松山に在住され、敗戦後の松山中学で机を並べた学友でもある。

彼は晩年の著書『成長から成熟へ』（集英社新書、二〇一三年）で「経済力にせよ軍事力にせよ、日本は一位とか二位とかを争う野暮な国じゃなくていい、『別品』の国でありたい」と述べている。私は同君のこの言葉に痛く感動した。さすがに江戸っ子のセンスは素晴らしい。日本はオリンピックとかノーベル賞とか世界遺産とかを判断基準に国までも評価しようという国民性だが、何も他国に国の評価まで委ねる必要はあるまい。もうそろそろ独自の世界観、地球観に基づいて日本の国是を、哲学を確立し主張すべきであると私は考える。

幕末期、明治期に来日した外国人の多くは我が国文化の素晴らしさを称賛している。その時代の日本は、ヨーロッパやアメリカ大陸にはない独自の文化や風習を持っておりそれをしっかり継承していた。それが彼らを虜にしたのであろう。この期の我が国の心意気は素晴らしい。これを大事にしたい。

久留米大学医学部・病院は有馬藩久留米城の東側にキャンパスをもつ。その城址には明治期筑後出身の画家、青木繁の歌碑が立ち、「わがくには筑紫の國や／白日別／母います國／櫨多き國」が刻まれている。白日別《しらひわけ》は筑紫の国を中心とする地域をさすようだ。

私が考える望ましい日本を目標に書いたエッセーを中心にした前編（第Ⅰ巻）では、主として一般読者向けに新たに書き起こした随想を中心に編集した。後編（第Ⅱ巻）では一九九九年の定年退職時に編集発行した「久留米の五千日」の出版以後、則ち退職後の二〇〇〇年～二〇一八年に行った臨床医学研究論文若干と臨床医学的な講演記録を収録する予定である。なお教授時代にともに研究し、良い仕事だが事情があって迷子になっていた一篇のＫｏｈｎｏを筆頭著者とする学術論文をこの部に含める。

一般読者諸賢は、気が向いたときに前編を斜め読みで結構なのでパラパラとめくって気軽に読んでいただければありがたい。臨床医学関係各位には、今後刊行される後編の興味のある章を気分の赴くままにお読みいただければ望外の幸せである。

糖尿病医の言い分　目次

1　ベーブ・ルースの鼻

草野球で得たもの

太平洋戦争の敗戦時、松山の焼け跡では棒切れとわずかなぼろ布しか手に入らず、これで何か遊びができることと言えば草野球くらいしかなかった。自家製の布ボールと棒切れで作ったバットで、とりあえず三角ベースで野球を始めた。

一年、二年と経つうちに、少しずつ用具が出回り始め、ユニフォーム、ストッキング、スパイクシューズが入手できるようになったのは昭和二十四、二十五年ごろであったか。愛媛県松山市近郊でも軟式野球チームがいくつか結成され、週末には試合をするようになっていった。

そのころの私の守備位置は左翼手で、打撃はと言えばレフトへ引っ張り専門で、ヒットはすべて三遊間と三塁ファウルラインの間に飛んでいた。あれで打率は三割くらいだったから、もしライト打ちができていたら四割を狙えたかもしれない。

それはともかく、野球の打撃では最も避けるべきは三振であり、あとは野選（フィルダースチョイス）でも、四球でも、敵失（相手のエラー）でも出塁さえすれば得点に繋がることを覚え始めていた。打撃で最も忌むべきは三振である。二ストライクに追い込まれたら、何が何でも投手のストライク投球にはバットを当てなければならない。ボール球を振っては負けである。そうして粘っているうちに相手投手は根負けしてボールを投げるしかなくなる。そこまで諦めず、粘るのが要点である。

仕事でも同じであって、粘りに粘るのが要点である。よく難しい仕事をやり遂げる人には賞賛が与えられるが、その人は途中で諦めなかったからである。成し遂げるまで諦めない人は成功するしかないのである。

大リーガーの凄さ

よく知られているように、日本のプロ野球は米国のプロ野球をお手本に作られた。昭和九年（一九三四）年にはベーブ・ルースらのＭＬＢ（Major League Baseball：メジャーリーグ・ベースボール）の選抜チームが来日し、多くのわが国野球ファンが観戦のため球場に足を運んだ。私の父もその一人で甲子園まで出かけたようだ。

わが国のプロ野球は二〇一八年現在セ・パ一二球団で、それぞれ専用球場と二軍を持っている。中にはソフトバンク、巨人のように三軍を持つチームまで現れた。ＭＬＢの下部組織は上から下へ順に３Ａ、２Ａ、Ａと段階がある。今年は大谷翔平選手がＭＬＢのロスアンゼルス・エンゼルスに入団するので彼がどの段階からスタートするのか興味がもたれている。

私が知る贔屓《ひいき》のＭＬＢ選手では、アル・ケーライン（デトロイト・タイガース）、ブルックス・ロビンソン（ボルチモア・オリオールズ）、マリアノ・リベラ（ニューヨーク・ヤンキース）などは最初からＭＬＢ選手として出発し、退団するまでずっとＭＬＢである。

ケーラインは史上最年少の首位打者としてタイガースに登場し、ちょうど私がデトロイトに留学中（一九六七〜六九年）は彼の晩年であったが、運よくワールドシリーズに出場し計８安打を放ち、シリーズも勝ち取って長年の宿願を果たした（「メイヨー・スミスの豪胆」の項参照）。ロビンソンはボルチモア・オリオールズに二人いた（もう一人はフランク、長距離打者）が、ここではブルックスの方である。別名human vacuum cleaner（人間掃除機）としてＭＬＢ史上最高の三塁手と言われている。リベラは最近まで現役でヤンキースにクローザーとして活躍したので知る人は多いであろう。彼も最初からコントロールの良い速球投手で、いわば天性のクローザーである。この三人はいずれも生涯一チームでプレイした。また最初からＭＬＢプレーヤーであったようだ。

自伝や伝記で周知のタイ・カップやテッド・ウィリアムズも同じようにＭＬＢ１軍から始めたようだ。

米国は広い。デトロイト（東部標準時間）で私が就寝するころ、カリフォルニアに遠征中のタイガースは二十三時から試合を始める。就寝しながらラジオの中継を聞いたものである。キャスターもチーム専属のアナウンサーがチームに同行し実況放送するが、建前だけの公平性などかなぐり捨てて非常に一方的な、デトロイト一辺倒の実況をするのはかえって好感が持てた。

デトロイト球団史上あるいはMLB史上最大の野球選手はタイ・カップである。彼の自伝は『野球王タイ・カップ自伝』（内村祐之訳、ベースボール・マガジン社、一九七一年）で日本でもよく読まれている。ホームラン王のベーブ・ルースと並んで打撃の神様（安打製造機）とされている。移設された新球場を私は知らないが、私が留学した一九六八年ころの旧球場正面にはカップのレリーフが飾られていた。多くの人はカップ（右投げ左打ち）がイチローのような人であったろうと考えているし、私も同意見である。彼は野手のいないところを狙って右へでも左へでも自由に球を打つことができたし、そうするのが当然と述べている。その点は、もう一人の近年の打率四割の大打者テッド・ウィリアムズが引っ張り一辺倒の強打者であったのと好対照である。イチローはカップと同じ考えのように見えるし、両者ともにヒットを打つだけでなく、走塁・盗塁技術も抜群である。試合では何ゲームもかけて相手チームにトリックを仕掛け、それをここぞという状況で満を持して実行し、まんまと相手チームの守備陣を出し抜くのだ。それだけの野球脳も技術も当然持っている。人の羨む野球センスをすべて持っていたようだ。カップの父親は大学教授で、カップの思考や生活方法は父親譲りのようである。カップの試合が面白いのは抜群の野球脳による頭能的なプレーと激しいスピードの肉体的躍動とが一身に見られることのようだ。イチローはカップに伍するであろうか？

コラム①

ＭＬＢ選手はどのステージからデビューするか

大谷翔平選手のロスアンジェルス・エンジェルス入団に際して現時点（二〇一八年七月）で分かったことは、米国のＭＬＢの系列球団制度（四段階）の選手運用は融通無碍であり、最上位の監督とコーチ陣の眼識によってある選手をどの段階から出発させるかは一律ではない事である。実力ありと最初から認定されれば、最上位のＭＬＢティームから出発させる。近い将来親球団で活躍すると見込まれた選手は、最初からメジャーリーガーとして入団し、引退するまで下位球団に行くことはない。超一流の大リーガーは、つまり伝記や自伝が出るくらいの選手なら、大抵は大谷の位置から出発する。私の知る限りではこのクラスの大選手で系列下位級団に落とされ再度親球団に戻った例はミッキー・マントルがステンゲル監督により一度落とされ、数週後ヤンキースのクリーンアップに復活した例くらいである（別項参照）。しかし本来不調の選手を系列マイナーリーグに落とし、そこで鍛えなおして再度ＭＬＢへ引き上げるのはこの制度運用の本来の目的であり、無数の選手がこの制度で鍛えられていることであろう。

ボブ・ギブソン――超絶の大投手

一九六八年のワールドシリーズはデトロイト・タイガース対セントルイス・カージナルスであったが、第七戦までもつれ、まれにみる意外性と興奮に満ちあふれたシリーズになった（「メイヨー・スミスの豪胆」の項参照）が、度肝を抜かれたのは第七戦の翌朝、八時ころ家を出て研究所に向かう車中の私は、見渡す限りの車という車が皆朝からヘッドライトを点灯し、ホーンを鳴らしながら走りまわる姿に一驚した。向こうでは葬儀のときに参加する葬列の車が一列になって点灯して走ることは承知していたが、行き交う車がすべて点灯してホーンを鳴らしながら走っているのである。そこでやっと私はデトロイト全市で、“Sock it to them Tigers !!”（「トラよ、奴ら（カージナルス）をやっつけろ」、英語ではこう言うようだ。街行く大抵の車がバンパーにこのステッカーを貼って走っていた）この掛け声通りに「やった!! やった!!」と狂喜している姿が、この全車点灯とホーンであることをようやく納得した。聞けばこのような狂騒は、太平洋戦争で米国が日本に勝利（一九四五年）して以来の出来事だそうだ。

野球ファンは日米を問わず同じ行動に出るようで、その夜のデトロイトは、市民が我も我もとダウンタウンに車で繰り出す。私もこの時を逃さじとばかりに、愛車Ｃｈｅｖｙ２に家内と長男を載せてダウンタウンに向かった。当然ながらダウンタウンは車、車、車で身動きができない。そのとき私の車の屋根がミシミシと鳴る。見れば、何と若者が義経の八艘跳びよろしく、車の屋根から屋根へと飛び移ってはしゃいでいるのであった。翌日のデトロイト発行の新聞一面には、超特大の活字で"WE WIN"と印刷され、一面には、オフィスビルの窓という窓からテレックスの紙テープがタイガースナインのパレード車列目がけて投げ入れられ、無数の紙吹雪となって街路に飛び交う写真が掲載されている。当時はむろん今のようなコンピューターのネットワークによるニュース配信はなく、穴がたくさん空いている長い長いテープに通信文を打って相手に送っていたテレックス時代で、そのテープである。

さてギブソンは後年来日（一九八八年）し、甲子園で阪神村山実投手と投げ合ったのでご記憶の野球ファンも多いだろう。物凄い剛球投手で、外角を衝く剛速球と鋭く大きく曲がるスライダーで、当時最高の投手と言われたカージナルスのエースである。ワールドシリーズ第一戦では、デトロイトは何と十七個の三振新記録を食らう始末だ。ギブソンは外角一杯の剛速球が売りで、ペナントレースでわざとここへ投げさせないように外角に体を乗り出して打とうとした打者が、前腕に剛速球を受け、骨折したことがある。このときギブソンが「そこは俺様のコーナーだ」と、妨害した打者に非があるとばかりに平然として一切謝ることはしなかったと報じられている。ちょっとまねのできない態度である。

さて、この一九六八年シリーズは、セントルイス三勝－デトロイト一勝の劣勢からデトロイトが巻き返し、第六戦には逆転の満塁ホーマーまで飛び出し、最後第七戦はデトロイトが四勝三敗でシリーズを制したのであった。私が最も感銘を受けたのは、確か第四戦で、雨中の競り合いになった試合である。投手はギブソン、打者はデトロイトの五番打者ウィリー・ホートンであった。両者ずぶぬれになりながら、ホートンは一球ごとに打席を外し、ユニホームのパンツでバットをぬぐい、また打席に戻る。この間ギブソンは雨中のマウンドに仁王立ちで凝然と立ちつくし、打者が戻るのを静かに待ち続けた。

試合後インタヴューでこのときの心境を尋ねられたギブソンは、「別に何とも思わなかったさ。私が打者でも同じことをしただろう」と静かに話していた。なるほど、その年（一九六八年）二十二勝九敗、防御率一・一二（物凄い数字、彼の生涯でも最良）のナショナル・リーグ第一の大投手は精神力も超一流だな、と。勝負を決めるのは体力＋精神力なのであった。

彼は、晩年には故郷のネブラスカ州オマハに帰り、焼き肉店を堅実に経営しているとロジャー・エンジェルは書く（『大リーグおどろきコラム――サインは今夜もホームラン』鈴木主税訳、集英社、一九八四年）。第二の人生を静かに過ごしているかつてのＭＬＢの大投手の晩年が生き生きと描かれている。

メイヨー・スミスの豪胆

人生ではいろいろの出来事に遭遇する。が、滅多に出会えない千載一遇の機会に、人はどのように行動するだろうか。一九六八年の米国ワールド・シリーズ（ＷＳ）は、このような観点から振り返ることができる。

当時、デトロイト・タイガースが属するアメリカン・リーグでの強豪はボルチモア・オリオールズで、投打ともに強力であった。次いでタイガース、レッドソックスである。一方ナショナル・リーグはカージナルス、ジャイアンツ、メッツなどで、とりわけカージナルスである。投手にあの剛腕ボブ・ギブソンを擁し、打ではフランク、ブルックスの両ロビンソン、ブーグ・パウェル、俊足コンビ、一、二番のルー・ブロック、カート・フラッドを揃えた強力打線で、シリーズ前にはカージナルス有利の予想であった。

この劣勢を跳ね返すべくタイガース監督メイヨー・スミスは誰もがアッと驚くシリーズ用の

打線を組んだのであった。ペナントレースの最後の数試合に、守備の人の遊撃手を外し、中堅手のミッキー・スタンレイをそこに入れ、ベテランの打撃人アル・ケーラインをスタンレイの後のライトに入れて打線を強化した。ケーライン（右投げ右打ち）はア・リーグ最年少二十一歳で首位打者を取り、のちに野球の殿堂入りしたレジェンドだが、当時は晩年の三十四歳で、今の阪神タイガースで言えば福留孝介のような選手であった。

シリーズが始まると予想通りの展開で、第一戦などはギブソンが十七個の三振を奪い、第四戦までカ三勝、タ一勝であった。ところが第五戦はケーラインの満塁シングルで逆転勝利、第六戦もタが満塁ホーマーなどで逆襲し、第七戦までもつれ込んだ。ケーラインは十一安打八打点二ホーマーの大活躍で監督メイヨー・スミスの抜擢に応えたのであった。

臨時にショートに回ったスタンレイは、シリーズ無失策、数々の併殺まで無事こなしたのであった。また六八年度三十一勝の記録を残した右投げ投手デニー・マクレインはＷＳでは振るわなかったが、代って左腕のミッキー・ロリッチがシリーズで三勝し、直後彼の名を記したロリッチ通りがデトロイトに出現した。

私が特に頭脳に刻み付けたのはこのシリーズのために監督のメイヨー・スミスの取った大胆極まりないシリーズ用選手起用であった。当時はＮＹ・タイムズのスポーツ欄に「スミスって誰？　鍛冶屋かい？」と揶揄された監督で、ＭＬＢ選手としては野球年鑑で見ても一九四五年にたった一年フィラデルフィア・フィリーズに在籍しただけで、〇・二三六の打率しか残していない。もう二度とは来ないであろう彼にとっては一生一度と思われるＷＳに、乾坤一擲の大博打を打ち、断固リーダーシップを発揮したメイヨー・スミスこそが六八年ＷＳの華であったと言うべきであろう。

前述タイムズは彼の豪胆を称えた詩を掲載したほどである。その夜のダウンタウンが数十万の熱狂するファンで埋め尽くされたのは、その神がかりとも見える彼の快挙と豪胆を称える人々の熱い思いであったに違いない。

マントルとメイズ

ミッキー・マントルは少年向けに自身の野球人生を振り返って、勇気について、特に彼の父の勇気について語っている（The quality of courage by Mickey Mantle, Bantam Books, Bantam Pathfinder Editions, New York, 1964）。（ちなみに、courageとは主に精神上の勇気、braveryは行動上の勇気を指すと愛用するAnchor 英和辞書は言う。）

ＭＬＢのヤンキースにデビューした当初は、規格外ともいえるほどの三振の多さでカンサスシティーのファームに落とされたようだ。オクラホマ州の故郷からカンサスまで息子の様子を見に出てきた彼の父は、すっかり弱気になって故郷《くに》へ帰りたいというマントルに、静かに「お前の勇気がその程度なら故郷《くに》へ帰ろう」と告げた。もともと彼の父はミッキー・カクレーン（デトロイト・タイガースの名捕手）の大ファンで、息子にミッキーと名付けたのだ。父が慰めてくれることを期待していたマントルは、自分の自失態度を深く恥じた。その後発奮し、呼び戻され、ヤンキースでは引退するまで中軸を打ち続けた。

話はMLBに戻ったマントルが初のワールドシリーズ（WS）第二戦（一九五一年）、ヤンキース対ジャイアンツ（当時はまだニューヨークにチームがあった）に戻る。第二戦のヤンキースタジアム、G軍ルーキーウィリー・メイズが放った右中間の飛球を追ったマントルは、外野のスプリンクラーの蓋につまずいて膝をひどく傷めて退場した。彼は観戦していた父とともに病院に向かうのだが、タクシーから降りるときかつては頑丈な肉体の持主だった父の肩につかまろうとして父が崩れ折れ、父の病気（ホジキン病：悪性リンパ腫の一種）を初めて知ったという。父は家族の誰にも病気のことは知らせず、その後家族（マントルは多数の兄弟の第一子）から身を隠し、デンヴァー（コロラド州）に去り永眠する。マントルがMLBのスターとして成功するには父の影響が極めて大きい。

そこでクイズ。一九五一年WSで大飛球を打ったNYジャイアンツのルーキーは誰か？それを右中間に追ったヤンキースのルーキー外野手は誰か？　答え：メイズとマントル。

筆者がデトロイトのSinai HospitalのFoa研究室に留学中、実習にやってきた学生が私に出したクイズであるが、私は幸いにも正解し、以後その学生は私に心服したのであった。「芸は身を助ける」を実感した私にとって唯一のエピソードである。

ベーブ・ルースの鼻

一九六八年の三月、米国東海岸のアトランティックシティーの米国医学会総会に出席した。この機会に永い間見学したいと思っていたクーパースタウンの「野球の殿堂」（アメリカ野球殿堂博物館：National Baseball Hall of Fame and Museum）を見たいと思い、デトロイトから東海岸まで車を運転して出かけた。少し余裕をみて途中アパラチア山脈近郊で一泊した。

医学会は予定通り終了し、その後ゆっくりと殿堂まで北上した。ニューヨーク州も結構広くて思ったより時間がかかりクーパースタウンに着いたのは昼過ぎだったと思う。早速殿堂に出かけた。想像していたより小規模で、私でも知っているＭＬＢの名選手、ベーブ・ルース、タイ・カップ、ジョー・ディマジオ、ウォルター・ジョンソン、サイ・ヤングなどのレリーフが壁に所狭しと並んでいる。

今は変わっているかもしれないが、当時は上下二段に分かれて展示されていた。その中で一段と光彩を放っているレリーフが、ベーブ・ルースであり、その鼻が特別にピカピカに光っている。ルースのレリーフは二段の下の段にあって、小さな子供でも楽々と触れられる高さにある。しかしそれなら下段の選手なら誰でも届くのだが、光っているのは下段でもルースの鼻だけである。やはり彼はアメリカの子供にも外国の観光客にも抜群の人気があるのだ。ここを訪れる小さな子供は皆ルースの鼻に触れていく。あの童顔と団子鼻が、子供も大人も魅了してやまない魅力、抵抗を許さない吸引力を持っている。クーパースタウン随一の人気者は、やはりルースである。

翌朝、朝食のためカフェテリアに入り、ハンバーグ、フレンチフライ、コヒーのお決まりの朝食（当時はこれで一ドル少々だったと思う）をとっていると、隣に座っていた男と話が弾んだ。太平洋戦争後に兵士として日本に駐留したという。このころ、初対面の米国人と話してみると、日本に駐留した経験を持つＧＩ（government issue：アメリカ陸軍兵士）によく出会った。ほとんどのＧＩは日本に好印象を持って帰国していたようだ。わが国が欧米にない独自の文化を持っていることは、ＧＩにもすぐ理解でき、印象深かったのであろう。

時は過ぎ去り、今ではわが国からＭＬＢの一流選手になった野茂英雄、松井秀喜、イチローなどのバットやグラヴが殿堂に展示されているようだ。しかし調べた範囲では、まだ正式に殿堂入りした邦人ＭＬＢプレイヤーはいないようである。資格としてはＭＬＢ引退後五年の期間が過ぎて初めて被選出権が得られるが、しかも投票ではあるレヴェル以上の得票率が必要であるという。しばらく時を貸さなければならないようである。

コラム②

ベーブ・ルース以来の二刀流の大リーガー誕生か？

日本ハム・ファイターズの大谷翔平選手が今年（二〇一八年）春からロスアンジェルス・エンジェルスに入団し、日本中の野球ファンが息をのんで見守っている。タイガースファンの小生としては、同期の藤浪晋太郎ならもっと熱が入るのだが。大谷選手の良いところは他の大リーガーとそん色のない、日本人離れした体格の持ち主でしかも運動神経が抜群に良く、バッティングアイに優れ、長打が打てる。野球は妙なスポーツで、一塁に近い左打者が絶対有利である。米国の複数回四割打者はすべて左打席の選手である。ルースも左利きである。大谷もこの例に漏れない左利き。但し大谷は右投げである。ピッチングも均整の取れた体格から力感あふれるオーソドックスな投球フォームでビシビシと打者を攻めるところが素晴らしいと思う。

私はマスコミでそれほど言われてない大谷の特徴は、野球が芯から好きなところ、野球少年にあるのではないか、と思う。そのためもう一、二年待てばもっと契約金を稼げるのに、といった論調はあったのを押してわが道を歩いた。詳しくは分からないが、大谷は自分のやりたいことをやらせてくれる球団で好きな野球がしたい、自分が納得する野球環境で存分にプレーしたい、そのため不利は承知で今シーズンのMLBエンジェルス入りを決めたのではないか。この彼の眞っすぐな愚直ともいえる精神状態が野球の神様に届き、今日までエンジェルスで好成績を残せた最大の理由ではないか。

しかしMLBのシーズンは長く二〇連戦も組まれる。ポストシーズンも長いが、日本の野球シーズンより遅く始まり、早く終わる。試合するための北米大陸での移動距離もこれまでの日本の移動距離の何十倍にもなる。いずれもこれまで大谷の経験したことがない過酷なシーズンはこれからが本番である。うまく乗り切ることを願って見守りたい。

（二〇一八年七月記）

英語に親しむ――ＭＬＢの名選手

私にとって英語はいつまでたっても難しい。しかし易しくはなくても好きなことは行いやすい、学びやすい。私の場合、好きなことはベースボールである。

故郷の松山（愛媛県松山市）は正岡子規の出た土地で、野球好きの土地柄である。旧制の中学野球、高校野球、東京六大学の有名選手やプロ野球の名選手が出ている。育った時代がまた戦後だったこともあり、少年時代が野球好きにさせたように思う。端切《はぎ》れを集めて布のボールを手作りし、焼け跡の棒切れをバット代わりに、三角ベースで草野球を夢中で楽しんだ。

話を英語に戻せば、野球が題材であれば英語も取っつきやすい。内村祐之訳の『野球王タイ・カップ自伝』、宮川毅訳の『テッド・ウィリアムズ自伝――大打者の栄光と生活』などを読んでから英文を読むと、あらすじを知っているだけに読みやすい。そのうち英文だけで済すことも起こってくる。ウィリー・メイズの“Say Hey”やブルックス・ロビンソンの“Brooks”

などは、それである。

どの本も面白いが、中でも私が好きなのは、Mickey Mantleの"The quality of courage"である。子供向きに書かれたものらしいが、内容が優れている。本当の勇気とは何か、が主題である。ミッキー・マントルが新人のころ、挫折して野球をやめようかと悩んだときに、父親のとった態度が素晴らしい。何度読んでも面白い。またタイ・カップの本も大変ユニークで何度でも読みたい。ジョージア出身の田舎者が、当時の大都市デトロイトでもまれて先輩選手にいじめられるが、素晴らしい勇気で巻き返すところが爽快である。ウィリアムズの"My turn at bat"も「あそこに行くのがテッド・ウィリアムズだ。最高の野球選手さ」と人が言うのを聞きたかったという。そしてその通りの野球人生を歩んだところが凄い。生涯のすべての打席、七〇〇〇打席、二八〇〇〇投球での配球を記憶していたという信じられないような話が書かれている。生涯では兵役で三~四年のブランクがありながら練習も含めて二〇万回打席に立ち、しかも致命的な怪我をしなかったことを神に感謝している。ウィリアムズは打率四割以上を三回達成し、タイ・カップやベーブルースと並びまさに史上最高の打者と言えよう。

これらの大リーガーが私に懐かしいのは、年齢が私と同世代かまたは少し上の世代であるせいだろう。私がデトロイトに留学した一九六七~六九年はミッキー・マントルもウィリー・メイズもブルックスとフランクの両ロビンソンも、まだ現役でプレイしていた。六八年にはデトロイト・タイガースはア・リーグで優勝し、最強の投手と言われたボブ・ギブソンのいるセントルイスをワールドシリーズでも下してＭＬＢの頂点に立った。これ以上ない興奮と感謝をデトロイトで経験できた。野球ファンとしては稀有の幸運に恵まれたのであった。

甲子園球場・年間予約席

定年退職後の人生で最も楽しみなことの一つは持ち時間が豊富にできることであろう。二十四時間自分の時間と言えば誰しも憧れる生活である。私も人並みにこれを楽しみにしていた。九州で定年後八年足らず医師の生活を送ったのち、大阪へ帰ることにした。

私は関西での人気球団阪神タイガースの少年時代からのファンである。郷里松山では、藤本定義、景浦将、伊賀上良平などが阪神ＯＢにいたし、戦後もプロ野球で空谷泰（中日）、西本聖（巨人）などが活躍した。

敗戦直後物資不足の少年時代、野球は人気随一のスポーツであった。と言っても正規の硬式野球ではなく、軟式野球で、グローヴも今とは違い、布製（キャンバス地）でボールが当たる部分だけ牛革が付いているという代物である。ユニフォームも自家製でTigersのロゴマークもスポーツ新聞の写真を見て自分で黒のラシャを切って見様見真似で縫い付けたもので、鏡を見ながら作ったが、結果は左右が逆になる失敗もした。

話を定年後（二〇〇七年）に戻す。ともかく甲子園球場のタイガース球団に電話すると、年間予約席係の女性が大変親切に受け付けてくれ、確か内野席のかなり上の方に席を一席確保してくれた。通ううちに同列の二、三席離れたところに通ってくる私と同年配くらいの紳士S氏と知り合いになった。聞いてみると、なんと札幌在住であるという。日本ハムファンでもあるが、セントラルリーグでは阪神ファンで、年に何試合かを観戦のため来阪し、甲子園で二～三試合を観戦するのが常であると言われる。このSさんとは、その後機会があるたびに大阪や札幌で食事を共にする仲になり、今に続いている。驚いたことに小説まで執筆されている由で、著書『霧の幣舞橋《してまいばし》（釧路市釧路川にかかる橋）』を頂戴した。

さてこの席から出発した年間指定席であるが、シーズンごとに少しずつ前へ、またセンターライン寄りに近づいていき、四～五年のちには阪神ベンチの上方五列目付近までたどり着くことができた。指定席は持ち主が何かの都合で臨時に知り合いに席を譲り、時に未知の方と隣り合わせになる。会話が弾み、「いつごろからですか、どのくらい（時間と費用）かかりますか」と話しているうちに私はむしろ運のよい方だと思えるようになった。私のように四～五年で現状の席にいるのは珍しいということだった。いい席は、つまり投手の球筋が見えるバックネット裏席にたどり着くには十年以上かかるのだそうである。また別の二人連れは高校時代のヴォレーボール部の球友同士で、一人は西宮、もうお一人は京都の方だという。これらの甲子園友達とは今でも賀状を交換している。

今は米国に帰国してしまったが、日本でも首位打者になったトラのM選手が、あるとき足の親指に痛みがあるとスポーツ紙の記事で知った。外傷の既往はないがプレーに支障が出る程度の疼痛に悩まされているとの記事で、現病歴からすれば、これは痛風である。痛風は適切に治療すれば、きれいに完治する。

私は球団に電話してこれを伝えようとしたが、電話を繋いでくれない。業を煮やした私は球団社長に配達証明付きの手紙を郵送した。しかし、なしの礫である。プロ野球は人気商売である。私が球団の責任者なら、ファンには必ず返事を出すようにアルバイトを雇ってでも即刻改善する。この点、わがタイガース球団は極めて鈍感で組織が整備されていない。残念至極である。今年から球団社長付きのアドヴァイザーに就任すると聞くかつてのミスタータイガース掛布雅之氏はファンを大切にする方のようである。ひょっとすると改善されるかもしれない。

痛風は社会的に上昇志向の強い人にしばしば見られる代謝疾患である。洋の東西を問わず、歴史上の偉人に多い。一九八五年、虎が西武ライオンズを破って日本一に輝いた年、あとで囁かれた「実は……」の中に、当時ライオンズの監督だった広岡達朗監督が痛風発作に悩まされていたというのがある。そういえば、投手起用にしても、いつもの采配の冴えが見られなかった。名監督も病気には勝てなかったということか。

今のプロ野球では、阪神と巨人以外の球団は、球団経営がむしろ上手なようである。現状では日本ハムやソフトバンク、広島は比較的経営熱心でうまくやっている。球団が置かれた厳しい地理的環境が彼らの経営感覚を磨いたのであろう。「艱難汝ヲ玉トス」この点では、人も組織も変わりがないようだ。

われタイガースのオーナーなりせば

誰よりも遠くへ球をぶっ飛ばした景浦将、藤村富美男、別当薫、田淵幸一。うなりを生じる快速球を胸元にほうり込んだ村山実、江夏豊。難球を苦もなく華麗にさばいた吉田義男、三宅秀史、鎌田実……タイガースは何よりも豪快・華麗なチームカラーで鳴らしたのである。

阪神ファンは、単に勝つだけでは飽き足りない。圧勝してもらいたいのだ。プロ野球は一にも二にも面白くなくてはならぬ。素人が到底できないことを左うちわでやってみせるのがプロである。そこでもっと魅力のある、もっと楽しいタイガースにするため提言する。一興と思って聞き流していただきたい。

一、甲子園が日本一の大球場であることをもっと活用する。昨（一九八二）年の平均入場者数三万人は定員の二分の一だ。まだ三万人入る勘定である。三万人は子供を主とした無料入場者とする。十年もすればもとはとれる。安いものである。そんなことより満員の観客が一流の選手を育てる最良のコーチとなる。その上でレジー・ジャクソンやヴァイダ・ブルーを彼らが「ウン」と言う年俸で連れて来るのだ。そのくらいは阪神なら出せるはず。

二、ラッキーゾーンは全廃する。甲子園は広い球場とは思うが、フラフラ打球が風に乗ってラッキーゾーンにポトリはごめんだ。真の快打のみをホームランと認定したい。一体、ラグビーでもサッカーでもテニスでもゴルフでも、フィールドの大きさが外国と違うスポーツなどあろうか。それで大リーグ記録と比較するなど正気のサタとは思われない。背走に背走を重ねて大飛球を好捕する、左中間、右中間を抜かんとする打球を一直線に追って一つでも塁を与えまいとする、それが外野手というもの。カマボコよろしく外野のフェンスに張り付いて、前進するのみでは、全くの興ザメである。

三、公式戦はなるべく条件を同一にする。首都圏のセ球団同士は関西で、関西のパ球団同士は首都圏で試合することぐらいどうしてできないのか。旅行日は全球団同一日数にするようプロ球界に求める。

四、引き分け試合は全廃する。引き分け試合を見に行きたいファンはいない。観客をばかにしないでもらいたい。

五、球団専用のマスコミを作れ。阪神ファンに徹した、もしくは中日ファン徹した、新聞、ラジオ、テレビがあってよい。建前のみの公平なマスコミなど馬に食わせろ。

六、真のスター選手はもっと優遇する。人生には夢が必要である。一人の村山は何万の中学生を非行から救う。

七、巨人打倒など一里塚だ。大リーグと勝負できるプロチームを目指せ、わがタイガースはすべての条件を備えている。

少し注文調になりました。最後に、最近のタイガースをほめておこう。球場整備でスタンドがキレイになったこと、浜田球場（現鳴尾浜球場）を造ったこと、大変結構大賛成。雨天練習場建設、安芸、マウイの整備などもっともっとやってくれ。世界のタイガースになってくれ。

（引用文献『春蝶のそれゆけタイガース！』ＡＢＣ開発、一九八三年、八五〜八八頁）

［後記］

二〇一八年現在、甲子園のラッキーゾーンは一九九一年十二月に廃止され撤去された。また京セラドーム大阪が新設されたので、甲子園球場が高校野球選手権大会で使用できない期間は京セラドームで公式試合ができるようになった。死のロードはほぼ解消された。特定球団の放送に特化した放送も、ＣＳ放送やスマホが視聴できるようになったので、実現されている。また春、秋のキャンプ地は、沖縄宜野座と高知安芸市で、ファームの試合は鳴尾浜球場でシーズン中開催されている。

（二〇一八年記）

厚生連のソフトボール

　大学院の研究が一段落して松阪市の三重県厚生連中央病院に勤務していた昭和三十年代、厚生連の病院同士でソフトボール大会があった。と言っても、厚生連関係の七医療機関のうち大きい総合病院は二病院で、津市の中勢病院と松阪市の中央病院である。確か、ナインのうち女性が四人、男性が五人でチームを作っていた。津市の中勢病院は名古屋大学の人が多く、松阪中央病院は大阪大学から出張している人が多かった。これまでは松阪は劣勢であったようだ。中央病院には当時三重医大から今の研修医に当たる卒後すぐの若い医師が四、五人実習していた。わが病院は彼らと若い看護師でナインを組んだ。監督が不肖最年長の小生である。中勢チームの男性は名大青山内科出身の若手医師である。詳細は忘れて覚えていないが、接戦の結果、わが松阪チームの勝利に帰した。

　忘れられないのは私の不手際、サインミスで三塁ランナーを無駄死にさせてしまったことである。私は記憶していないのだが、鼻の頭が痒くなってちょっと掻いたらしい。三塁走者は試合前の確認通り「監督のサイン」で本塁突入し、憤死してしまったのである。「済まん、済まん」と若い走者S君に平謝りした。鼻に触れるサインは以後やめにしたのは言うまでもない。しかし、これまでの連敗に終止符を打ち、強豪チームを破ったことに病院中が喜び、ビールで乾杯したことが懐かしい記憶として残っている。

松阪にはご存知の方も多いだろう、松阪牛を食べさせる「和田金」がある。もちろん極上の肉は一頭につき二〜三キロと言われている。黒い牛が院宅の近くで飼育され丁寧にマッサージされていた。若手医師とすき焼きを囲むのは、こんな上等の肉ではない。端切れの肉が手ごろな値段で売っている。これを少し多めに買い込んで院宅ですき焼きを盛大にやるのである。若手医師とすき焼きとビールを囲むひと時も忘れ難い思い出である。あのころの若手医師も今ではもう立派な医師になり、定年を迎えているだろう。松阪中央病院時代を覚えていますか?

三重県厚生連七病院の中には診療所クラスの小さなものもあって、時に中央病院から医療の手伝いに出向いた。南勢病院のすぐ前は熊野灘で、ちょっと潜ればウニが獲れる。診療後、持参の海水パンツに身を固め(?)早速潜ったが、ウニは大きささを選ばなければすぐ見つかった。

地元では獲る人はいなかったようだ。

私は敗戦後、自宅を失い松山市の郊外梅津寺に居住していた。敗戦直後で物の少ない不自由な生活であったが、海に近かったので朝から夕方まで海で過ごした。泳ぎだけは歩くように、呼吸するように自由にできた。スキーとは違い、素潜りも一～二分は平気であったから、ウニを探すくらいはなんでもなかった。病院の手伝いはむしろ絶好の息抜きになったのである。

松阪では患者さんに獲れたての魚はもちろん、イセエビやイノシシの肉をよくいただいた。イセエビはおがくずの中に入れておくと、一週間や二週間は平気で生きていた。もう大丈夫だろうと鍋の湯の中に入れたエビが勢いよく飛び跳ね、大わらわで捕まえたことも思い出す。よき時代の医師と患者さんの人間関係である。

スキー事始め

あれは、まだ三十歳少し前だと思う。大学院の学位論文の仕事が九割がた終わって松阪市の農協の病院（三重県厚生連中央総合病院）に義務出張した。ある週末、新潟県のスキー場へ行くことになった。私は全くの初心者で、先輩が三人いる。スキーの達人内科のＫｎ先生、ヒマラヤ登山で有名な脳外科のＢ先生、内科のＫｔ先生と、いずれもスキーの経験者である。

土曜日午前の外来終了後、病院住宅（院宅）に戻り、午後からスキーを担いで名古屋方面への満員列車に乗り込む。今と違って、当時は指定席などはない。通路や座席の間に新聞紙を敷き、その上に仰臥位で横たわる。頭は踏まれないように座席の下へ突っ込む。慣れると、これでも結構眠れる。名古屋で乗り換えて赤倉へ向かう。朝方には到着する。

一行は早速朝食後スキーを担いでゲレンデに向かう。リフトに乗り込み山頂へ。私以外はさっさとスキーで滑り始める。「お前は勝手に滑れ」というわけらしい。と言っても、一緒に滑れるわけがない。ちょっと滑っては転倒する、また立ち上がっては二〜三メートル滑る、転ぶ、滑る、転ぶを繰り返す。

何十回と転んでは起き上がり、また転ぶ。こうしてリフトの出発点まで何とか転げながら降りてくる。これを二、三回繰り返すうちに少しだけ滑る感覚が出来てくる。時々Ｋｎ先生が様子を見にそばへ降りてこられる。大勢の中でどうして小生がわかるのか聞いてみた。

これだけのスキー客がいても「スキーを扱いかねている奴はそんなにいないんや」とのこと、なるほど。ただ最初に「転ぶときは膝を着こうとしてはあかん」と注意してくれていた。私は草野球をやっていたので、スライディングの心得はある。体全体で転ぶと骨折はしない。こうして私のスキーは始まった。

その後二、三回信州のスキー場へ通ううちに、直滑降とボーゲンは何とかできるようになった。しかしパラレルでスキーを回すことはついにできなかった。スピードが出すぎると転んで止まる以外はできない。ここから先はスクールに入って学ぶしかない。

今考えると、スキー板が少し長すぎたのではないか。そのうちに義務出張は終わってしまった。ただ、赤倉の民宿で初めて食べた蜂の子は滅法うまかった。ぜひもう一度食べたいものと思っている。

米国ミシガン州へ留学中も「骨折して寝ている」だけはやめておこうと、スキーはしなかったので、私のスキーは三十代で進歩終わり、である。私の受けたスキー事始めはやや特殊であろうが、物事を習う一つの方法ではあるだろう。やや乱暴だが現場のたたき上げは物事を学ぶ端的な方法であることに違いはない。

私も八十代になって、スキー師匠のお二人は鬼籍に入ってしまわれた。しかし私は貴重な教育を受けた学恩を忘れることはない。先生方、本当にありがとうございました。

イヌの世間

　子供のころからのイヌ好きで、毎朝イヌを連れて散歩に出る。もっともイヌの方では人を連れていると思っているかもしれない。コースはいくつかあるが、お気に入りは一周がちょうど一キロの春日大池の名がある溜め池の周りの公園である。梅、桜、花桃、欅、楠、樫などありふれた樹木と昔から残る千里の竹林の他に、この公園では後から植えたと思われるメタセコイアが非常に多い。

　ヒマラヤ杉、欅、樫、松、サザンカ、ススキ、パンパスなどが主な植物で、池にはマガモ（冬期のみ）、アヒル、コイ、フナ、亀（外来亀）、時にアオサギなどがいる。アオサギは魚が主食で、釣り人のそばにくっついて魚が釣れて人が回してくれるのを待っている。本当は魚釣り禁止なのだが、釣っているのは圧倒的に多い外来魚のブラックバスで、この駆除目的ではむしろ奨励すべき釣りかもしれない。

イヌは周知のようにヒトに比べて桁違いに鋭敏な匂いの世界に生きる動物である。所々で歩を緩めては動物の排泄物に鼻をくっつけるようにして匂いを熱心に嗅いでいる。そしてそこの地面に自分の尿を残す。ヒトの世界で言えば、他のイヌの名刺を受け取り、自分の名刺をそこに残すのであろう。イヌの排尿は樹木や電柱、橋など建造物の角が好まれる。先日、金属柱の道路標識の損壊はイヌの排尿が原因で腐食が生じるためだと新聞記事にあった。将来、イヌの嫌いな物質を標識柱に塗布するようになるかもしれない。

今飼っているイヌは、ヨークシャーテリア（ヨーキー）の雌で五代目だが、同じ純系でも性質は驚くほど違う。今のイヌ（名前はヴォランⅡ世、二〇一二年生まれ）は、他のイヌと遊ぶことができない。道で出会う相手のイヌを避けて自分は道の端を通ろうとする。争いに巻き込まれないように自分から身を引く平和主義を貫いている。不思議なことに、相手の犬の飼い主は得意そうな顔をする人が多い。

動物学者コンラート・ローレンツの見解では、幼少時に母犬から不適切に早く離された仔犬は、母犬や同胞と暮らすことで得られる社会性が育っていないそうである（コンラート・ローレンツ著『人イヌにあう』小原秀雄訳、早川ノンフィクション文庫、二〇〇九年）。最近（二十一世紀初頭）のブリーダーは、経済性最優先で子犬はいち早く販売ルートに乗せられてしまうようだ。

ヴォランⅠ世と。礼文島にて。キャップはデトロイト・タイガース仕様

ヴォランⅡ世もこれに当てはまるのかもしれないが、購入時にこの点を確認していなかった私が不覚だったことになる。初代、四代目はこの点、購入時に十分仔犬が母犬や同胞と共同生活を過ごす時間があったのだ。氏より育ちの例かもしれない。

今でこそイヌをヒトと同室で泊めてくれる宿泊施設がわが国でも増えてきたが、一昔前（二十世紀末まで）はこれがなかった。自宅を遠く離れた旅先では、やむを得ずレンタカーを借りて車の中にイヌ用の寝床をつくり、夜は車に寝かせて過ごしたものである。一度事情があり、新潟県直江津でホテルの部屋まで四代目をタオルで覆ったケージの中に入れたままフロントの前を通って運んだことがある。

黙っているのだよ、と言い聞かせて部屋まで連れ込んだが、イヌもわかるらしくプッとも言わなかったのには大いにほめてやった。ヒッチコックの映画もどきである。犬にも事情がわかったのだろうか。わが国でもヒト社会にイヌを連れ込むことが当たり前になって欲しい、とイヌ好きの小生はひとえに願っている。

コンロンカ（崑崙花）

私はイヌ派であり、これまでヨーキーばかり、近所から頼まれて我が家にやってきた雄一匹を除いて雌だけを飼ってきた。最初がティファニー、次いでアガサ、カール（これのみ近所から我が家にやってきた雄）、ヴォラン、ヴォランⅡ世と五代続けてヨーキーである。この犬種は従順で賢く、長毛でスティールブルーと呼ばれる美しい毛並みを持つが抜けにくい。大体十四年くらいの寿命であったが、ヴォランⅡ世のみは短命で四歳半で早世した。

最近では久留米生まれのヴォランⅠ世が十五歳、ヴォランⅡ世は四歳ころタンパク喪失性腸症に罹患し、それが治りきらないうちに今度は急性膵炎に罹患、半年間の闘病ののちに二〇一七年六月に早世してしまった。わずか四歳六ヶ月の寿命であった。ヴォラン（一世）も二〇一〇年七月に、これは寿命であろうが亡くなった。二頭とも梅雨時分であり、庭にはコンロンカが美しく咲いていた。いずれも亡骸は小さな箱に入れられ、その周りをわが家に咲いいたコンロンカで埋もれるようにして火葬場に運んだのであった。二頭ともに梅雨時分のコンロンカの咲き誇るころに別れを告げることになってしまった。今年ももうすぐその季節がやってくる。それを思うと、これまでの犬たちとの交流が頭をよぎる。彼らはどうしているだろうか。

コンロンカ（崑崙花）。中国伝説の霊山の名をもつ。実際は南方系の植物。日本では沖縄・奄美大島に分布
（湯浅浩史『花おりおり』 より）

コンロンカは美しい清楚な花である。ヒトが愛でているのはガク（萼）と呼ばれる部分で、わが家のコンロンカは真っ白である。イヌの火葬にはこれこそがふさわしい。本来の花はガクよりずっと小さく、黄色い花をつける（写真）。一説では黄河の源で天界への入り口とされた神々の住む崑崙山に積もる雪にたとえて名付けられたという。そう思わせる清潔感、美しさ、荘厳性も持つ花である。

ヴォランⅡ世の思い出

ヴォランⅡ世は、約一月余りの膵炎による病悩期間にずいぶんがんばって闘病した後にあの世に旅立った。彼女は四年六ヶ月齢の若さでこの世に別れを告げてしまった。

出会いは二〇一二年十二月、ペットショップのケージの中で元気にピョンピョンと後ろ脚でジャンプし、立ち上がって我々を見つめる姿に、家内と「元気そうだから良いんじゃないか」と、わが家に迎え入れた。この時期の子犬らしくみるみる大きくなり、成犬になってしまった。しかし小型犬のヨークシャーテリアの中でもさらに小型で、体重は最高でも二キロ前後であった。

わが家では一九七二年ごろ初代のヨーキーを飼い始めてからずっとヨーキーばかりを飼い続け、ヴォランⅡ世は五代目である。二〇一〇年、初代ヴォランに死なれてから私ども夫婦は二人の年齢から新しくイヌを飼うのは躊躇していたが、幸い娘の「もしものときは引き取ってあげるから」の言葉に励まされ、飼育を始めたのであった。

彼女は私が医師の仕事を完全に辞めた時点から家族の一員になったので、私としては五代のうち最も長時間一日の生活をともに過ごしたイヌであった。朝は早くから散歩に行くことを楽しみに、彼女のために扉を少し開けて眠っている私の部屋に入ってきてベッドに前足を掛け、後肢で立ちあがって私を覗き込む。そのわずかな振動で私は起床の時間を知るのが日課であった。

私が洗面、ひげそり、朝食など朝の行事を一通りすませる間じっと傍を離れず、私が散歩の用意を整えるのを今か今かと待ち続ける。彼女にも朝食を与えてから、いよいよウォーキングに出かけるためにリードを装着する。喜び勇んでリードをぐんぐん力強く引っ張り、時に喜びの声を上げながら先に進む。お気に入りは、南東に位置する桃山池の一周コースで、家を出てからひと筆画きに左回りの散歩道を約四十分で廻ってくる。時には北行し、もう一つのコース二の切公園へ行き、帰途は竹やぶの縁を廻って一周する。これも所要時間は四十分。

家では、私が食卓テーブルを使ってパソコンをチェックする間、床で私の両足の間に体を突っ込み蹲っている。私が別の応接椅子に座って読書するときは、椅子の右横の少しの隙間に飛び乗り、私と同じ方向を向いて座っている。私がソファーに移動してテレビを見るときは、私の左側に飛び上がり逆向きに蹲る。食事は朝夕二回で、人が終わってから食事を与える。夕食前に夕刊を取りにマンションの郵便受けまで行くのにも、しばしばわきに抱えて同行した。

八十歳でクルマを手放したので、ヴォランⅡ世はあまりクルマに乗せていない。動物病院に通うのも徒歩である。病気で衰弱してからは、軽い布製の簡易手提げかばんに入れて前向きに座らせ、頭だけ出して私が提げて病院通いをしたが、これは案外気に入っていたようで、じっとおとなしく前向きに座っていた。

膵炎で食事を制限されて痩せてしまってからは、あれだけ好きだった散歩コースの途中まで登りの坂道を抱いて運び、平地で下ろしてやってもコースを進まず、廻れ右して家の方に向き直り、歩き出してしまう。さすがに体力的に前へ進む元気はなかったのであろう。そこまで体力が落ちたのか!!

神経質なイヌで、掃除器、洗濯機のモーター音、ほこり取りのモップ、物干し用のラック、精米機、髭剃りなど音の出るもの、長い棒の類いはきらって吠え続けるので閉口した。また犬同士で遊ぶことができない。

散歩中に他の犬に出会っても、相手を避けて道の端っこを通ってしまう。ローレンツ博士によると、母犬や同胞から生後あまり早く隔離されると、社会性が涵養されないそうである。出典を探しても一向に出てこないが、イヌは「ヒトにＧｏｄを見ている」*という。小生は全くふさわしくないＧｏｄで申し訳なく思っている。また噛み癖は矯正できず、家の木製家具はすべて脚が齧られている。木のフローリングまで噛むので往生した。ソファーは買い換えて、金属脚のソファーにしたほどである。私のベルト、かばん、書籍などを齧る。

　ドアチャイムが鳴ると、誰か在宅していれば吠えて注意を促すが、人がいないと黙っている。家電のアラームも鳴ると家人に知らせる。家内が買い物から帰り、鍵穴に鍵を入れると素早く聴き取って吠えて報せる。聴覚、嗅覚はヒトとより遥かに鋭敏である。

　膵炎は食事量制限が厳しく、少量から始めて徐々に徐々に食事量を増やしていく。一月ぐらいで検査成績が好転に向かったところだったが、そこまでが限度だった。体重が健康時の六〇％まで減少していた。ハウスに横たわり、目を開いたまま呼吸していたが、二度ばかり四肢が軽い痙攣を起こしたと思った次の瞬間呼吸が止まってしまい、力尽きた。最後は意識が混濁していた。

　わが家のイヌはその臨終を五匹中四匹まで看取ったが、生まれたときと同様、彼らは従容として死の旅路についた。いずれも見事な最期であった。彼らの死に様を見ると、私たちが日々元気に無事に暮らせることは、想像を超える数々の僥倖の上に成り立っていることを改めて教えられる。毎日を天に感謝して人間らしく生きたいものである。

＊「触知できる、疑いの余地のない神、明白にして決定的な神の存在を見いだして認めた唯一の生物が犬なのだ。この動物は自己の最良の部分をなにに捧げればいいのか分かっている。自分より上の、如何なる存在に献身すべきなのかを知っている。犬にとっては暗闇やらうち続く嘘のなかに、完璧で、卓越した、広大無辺の力を探しもとめることなど不要なのである。」（ロジェ・グルニエ著『ユリシーズの涙』宮下志朗訳、みすず書房、二〇〇〇年、一二一頁）

2　ケニアのサファリ

日本列島の景観と地震・台風災害

わが国は災害が多い。地震と台風は災害の最たるものであろう。地震は日本列島が四つのプレートの上に乗っかっているのだから宿命的なものである。桜島、阿蘇山、富士山、箱根、五色沼、十和田湖、支笏湖、クッチャロ湖、洞爺湖、阿寒湖、硫黄島、三宅島、大島と、風光明媚な観光地はすべてと言ってよいほど地球のプレートの動きの結果である。

それにしてもウェーゲナー（ドイツの地球物理学者・気象学者）がジグソーパズルのように閃いたおかげで、大陸移動説がプレートテクトニックスとして確認・確立された。（アルフレード・ヴェーゲナー『大陸と海洋の起源（上、下）―大陸移動説』都城秋穂・紫藤文子訳、岩波文庫、一九八一年）私は九州にいたので阿蘇の雄大な景観は何度も目にしたが、見るたびに素晴らしいと思う。あの雄大なカルデラは世界屈指の規模ではないか。

台風はわが国を狙ってきているわけではないが、偏西風や黒潮海流が日本付近を通ることと関係しているだろう。進路の初めは赤道付近、フィリピン付近に発生し、北西へ向かうが、一部の台風は沖縄南方あたりから東へ旋回し始め、日本列島に沿うように西から北東へ向かうコースを取り始める。風も雨・雪も適度であればありがたいが、時に度を越して災害をもたらす。

しかしもし台風が全く来なければ、農業・林業・漁業は大きな影響を受けることになる。少なければ水不足と旱魃、多ければ水害・浸水・がけ崩れが生じる。自然現象には「適度」という言葉は当てはまらない。

わが国のプレート上の位置と、台風街道上の地理はこれを天与のものとして受け入れ、人知を尽くして凌いでいく他はないようである。

コラム③

ウェゲナーの大陸移動説

アルフレッド・ウェゲナー（一八八〇～一九三〇）が世界地図を眺めて、大西洋両岸の南北アメリカ大陸とアフリカ大陸、北米大陸とヨーロッパの沿岸の凹凸がジグソーパズルのようにぴったりと一致することに気付いたのは一九一〇年、彼が三十歳のころらしい。昔地球上の陸地はひとつであったが、それに裂け目が入り、徐々に大洋が形成されていったのではないか。そう考えて地球物理学、地質学、物理学、古生物学、生物学、動植物学などの総合所見から今日の大陸移動説が確立されるまでは、彼の著書に精しい。動物では同種のミミズやカタツムリの小動物が大西洋をはさむ両大陸に分布することが挙げられている。プレートテクトニクスは一九六〇年頃から始まったが、彼の直感はいっそう確実に裏付けられている。直感から新しい学問分野が始まった好例である。

石見銀山と津和野

ひと夏山陰路を旅したとき石見銀山（現在の島根県太田市にあった銀山。二〇〇七年「石見銀山とその文化的景観」として世界遺産に登録）を訪れたことがある。間歩《まぶ》と呼ばれる坑道が山を縫って縦横に何本か走っている。

暗い坑道を進んでゆくと、やがて徐々に狭く細くなってゆく。最先端では立つことはもうできない。横たわったまま腹ばいで腕と手だけを動かし、鑿《のみ》を岩盤に打ち込んで銀を含む鉱石を削り取ったのである。江戸時代電気はむろんまだない。明かりは菜種油を入れたサザエの殻に油芯を差し込んで先端に火を灯した小型のランプ一本のみである。これを暗闇の中で唯一の光源として照らしながら、ひたすら鑿を振るう。マスクはおそらく和手ぬぐいの類であっただろう。鑿と呼吸器の鼻、口は巻き起こる砂塵、鋼塵と至近距離にならざるを得ない。これを吸い込んだ当時の坑夫の寿命は驚くべし、なんと二十～三十歳であったという。皆塵肺で若死にしたのであろう。恐ろしく怖い致死的な労働災害である。少々高い労賃など、これでは報われない。学生時代、梶原三郎教授の衛生学の講義を思い出した。

石見銀山の最盛期は通算六千トンの銀を算出したという（豊田有恒『世界史の中の石見銀山』祥伝社、二〇一〇年）。銀山では坑夫たちの中には住居に小さな炉を持っていた者があることも知られており、坑夫が家内工業的に銀の精錬を行っていたとみられている。近年では、このような事実から必ずしも悲惨な生活ではなかったのではないか、との見方が出てきている。

この旅行で津和野の森鷗外記念館にも回り、永明寺《ようめいじ》の墓にもお参りした。墓碑銘には、彼の遺言「余ハ石見人森林太郎トシテ死セント欲ス」通り「森林太郎墓」とあった。鷗外は医師としてよりも文学者として本領を発揮した人と言うべきであろう。

ドイツ三部（『舞姫』『うたかたの記』『文づかひ』）作以外に、ハンス・クリスチャン・アンデルセン（一八〇五～一八七五）『即興詩人』、ヨハン・ヴォルフガング・フォン・ゲーテ（一七四九～一八三二）『ファウスト』などの訳業も素晴らしく、私は今も所蔵してよくひも解いている。

医科大学で鷗外は北里柴三郎と学友であったようだ。ともにほぼ同時期にドイツに留学していた。当時は細菌学の勃興期と言うより最盛期と言うべきかもしれない。二人は師匠が違っていた。片やロベルト・コッホ（北里）、片やペッテンコーファー（森）に師事していた。柴三郎と鷗外はともに細菌学を学んだのだが、医学への貢献度で言えば、柴三郎に軍配が上がろう。
鷗外は脚気の感染説などで、むしろ衛生学の分野で足を引っ張っている。鷗外はやはり医師よりも文学者として輝いたと言うべきであろう。しかし文学者としての鷗外は、これまた斯界の巨星と言う他ない大きな存在である。すべてを一人の人に求めるのはわがままに過ぎよう。

コラム④

医学界（細菌学、免疫学、医学教育）の巨人――北里柴三郎

北里柴三郎（一八五三～一九三一）は熊本県小国町北里村に生まれ、家は庄屋である。最初熊本医学校、次いで東京医学校（東大医学部前身）に学び、あまたの病院長職は断り、内務省の衛生局に就職した。ここからベルリン大学衛生学教室のロベルト・コッホ教授に師事した。北里の業績としては、①破傷風菌の嫌気性培養法を確立して純粋培養に成功、②破傷風の血清療法を確立、また③ジフテリアの血清療法の開発、④ペスト菌の発見、⑤北里研究所の設立、⑥慶應大学医学部の設立、⑦初代日本医師会長就任などがある。わが国の公衆衛生学、細菌学、免疫学、医学全般と医学教育の発展に大きな足跡を残した。

筑後・熊本の思い出

筑後（九州・福岡県南部地域をいう）と言えば九州第一の大河、筑後川（別名筑紫次郎）流域が中心である。私がかつて十三年半勤めた久留米大学はこの地方の中心都市、福岡県久留米市にある。最初に久大に足を踏み入れたのは、一九八五年六月、久大の同僚であり大阪大学の同窓でもある久大整形外科教授Ｉ教授に福岡空港で拾ってもらって、先生の車中から訪問したのが第一歩である。

空港から大学に向かう福岡－久留米間は水田や畑の連続であり、「これは農村地帯だな」が第一印象であった。筑後川の大橋を渡りようやく左手に大学のキャンパス、右手に久留米城とブリヂストンの工場群が見え、それが久留米市の第一印象であった。昨今は久留米市の人口の約一割が久大関係者であると言われる。

柳川市と大川市もこの地方にある。この地は伝統的に芸術活動が活発なところであり、文豪北原白秋、詩人丸山豊らの文人、青木繁、坂本繁二郎、古賀春江などの画家、古賀政男、藤井フミヤ、松田聖子など音楽家、黒木瞳、近くは吉田羊らの女優を輩出している。

久大赴任の話が出たころ、私はちょうど白秋全集三十五巻を阪大生協から購入し始めた途中であり、事情を話したら残りは特別に久留米まで郵送してくれることになった。私は白秋の研究家でも何でもなく、ただ彼の童謡の愛好家であったにすぎないが、生家のある柳川の近くなら久留米行きも悪くないなと思ったことであった。

赴任早々、臨床実習班の学生五人が私の好みを知って柳川を案内してくれ、水郷柳川と白秋生家を知ることになった。「お花」は旧柳川藩主立花氏の屋敷跡で、その周囲がクリーク（水路）になっており、船頭が櫓を漕いで操船する小舟に乗って周遊する。うなぎ屋が数軒あり、名物は蒸籠《せいろ》蒸しで、これが滅法うまい。

私は久大の教室に各地の著名教授においでいただいて臨床講義などをお願いしたが、そのお礼に、邦人なら柳川へ、海外の客人は熊本小国町の北里柴三郎生家と阿蘇へご案内することに決めていた。北里は私見によれば、複数の医学の分野をカヴァーしているのでノーベル賞など二つくらいもらってもよい大学者である。彼の破傷風菌の発見逸話が面白い。寒天培地に白金《はっきん》耳《じ》を突き入れて培養した際、先端部分に好んで菌が生えることを観察し、破傷風菌の無酸素培養を着想したという。

さて、久留米では大学の他にブリヂストン（ＢＳ）があり、ＢＳの創業者石橋正二郎氏（久留米市久留米商業出身で久留米大学の前身、九州医学専門学校の創立者の一人でもあり、構内に銅像が立つ）が寄贈した石橋美術館（青木繁、坂本繁二郎、古賀春江らの絵画を収める）が有名である（二〇一六年に閉館。その後は久留米市美術館となっている）。正二郎氏は早くからのメセナ（本業と直接関係のない文化・芸術活動を企業が支援すること）の実践者であり、久留米駅から久大に連なる街路樹のケヤキ並木もその一つで、実に美しい。

一九八八年、私は米国のニューオーリーンズの米国内分泌学会、米国糖尿病学会に出席したが、当時属していた久留米ロータリークラブ（ＲＣ）の一員として同学会の主催都市、ニューオーリーンズのＲＣにメイクアップ（ロータリー・会員は旅先ではどこの国内外ロータリークラブに出席しても本来の所属ロータリークラブに出席したのと同等とみなされ、これをメークアップと称している）に出席した。スピーチを頼まれたので、ちょうど当時のＢＳが米国のファイアストンを買収したばかりで、ＢＳの街久留米から来たと挨拶したことを思い出す。ＢＳと久大は同年一九二八年（昭和三年）の創立であるが、残念ながら今ではだいぶんＢＳにリードされている。

市内には藩校の流れを汲む中学明善校（現・福岡県立明善高等学校）と久留米商業（現・久留米

市立久留米商業高等学校）があるが、久商は中学を凌ぐのではないかと思われるほど有為の人材を輩出しており、石橋正二郎氏も久商ＯＢである。

久大の校歌は丸山豊（久大医ＯＢ）作詞、團伊玖磨作曲であるが、これが名曲だと小生はずっと思っている。もし校歌のコンクールがあれば、たぶん早稲田や明治の校歌とよい勝負になるであろう。久大医はいいところが少なくないが、卒業生が母校の学生時代に良い思い出を持つ人が多いのは慶賀すべきことと私は思っている。

教授時代、九州各地に講演に出かけることもよくあったが、各地で勤務医や開業医として久大出身の医師が活躍しており、私の講演会の座長を務めていただいたのは今でも忘れられない楽しい思い出である。

中でも熊本の水俣訪問は愉快な思い出であった。当時久大第一内科の講師であったＩ先生が地元水俣に帰られてすぐの座長であったが、私に「先生は臨床に熱心で」と言われるので「なぜそうおっしゃるのですか」と尋ねたところ、「朝一番にエレヴェーターでよくご一緒しましたので」との問答を思い出す。

その後水俣で私の好きな徳富蘇峰、蘆花の生家を訪問した。生家は水俣の素封家《そほうか》で、明治時代の豪壮な風格ある木造邸宅であった。兄弟はその後熊本市から東京に進出し、全国的なジャーナリストおよび作家として世に出たのであった。熊本には立派な文学館があり、私はそこで高群逸枝《たかむれいつえ》の著作などを実際に手に取ってみることができた。熊本は文学にかけても有数の人物を幾多輩出している。

釧路湿原のガイド

二〇一〇年六月の話である。ふと思い立って北海道の釧路湿原を観光したことがある。カメラも新しく用意して、アフリカ旅行以来の準備も整えた。同地はかなり広い地域であり、容易に現地の人に出会いそうにはない観光地である。

滅多にしないことに、私はネットで現地の案内人をガイドとして依頼することにした。当日の朝、湿原の駐車場で車種を頼りに会合する手はずを整えた。幸い何の問題もなくガイドと打ち合わせの駐車場で初めて落ち合い、早速湿原に向かった。

この水路のカヌーツアーのハイライトは湿原の動物である。中でも大型のオジロワシ（写真）との遭遇は、今にして思えばガイドの案内なくしては叶わない幸運であった。そんな絶好の秘密の撮影スポットを、それこそ一見の私が知る由もないのである。ガイド氏の長年の忍耐強い観察結果があって初めて発見できた黄金スポットである。

オジロワシ。釧路湿原にて

私の古い友人である写真好きのS医師は、ワシに遭遇するのは非常に難しいがどうして撮影に成功したのかと質問してきた。マニアならではの急所を突いたクエスチョンである。私はちょっと意地悪してしばらくはガイドのことは隠していたが、いつまでも隠すつもりもなく「実は……」と種明かしをしたのであった。そのくらい野生動物の撮影は根気と幸運の二つに恵まれなければ成功しない。岩合光昭氏のアフリカの動物写真、ライオンの狩りの写真などは、それこそ想像を絶する忍耐と幸運の結晶であることが身に染みて理解できた。

このたびの旅行では霧多布《きりたっぷ》湿原にも足を延ばしたが、ここも本当に美しい野草にふんだんにお目にかかれた忘れ難い湿原である。娘に倣って、一時ここの霧多布湿原ナショナルトラスト会員になったほどである。北海道の自然は本当に豊かで、日本の宝であると思う。

残念ながら運転免許証を返納するような年齢になってしまい、自由に走り回ることができなくなった。ヒトは失って初めてその価値を知ると言うが、その典型である。北海道は、まさに車を必要とする広大さと豊かな美しい自然を残している。

エゾスカシユリ。霧多布湿原にて

司馬遼太郎と安藤忠雄

司馬遼太郎記念館は、東大阪市にある。私の郷里の偉人である正岡子規と秋山好古《よしふる》・真之《さねゆき》兄弟を、私は司馬遼太郎の『坂の上の雲』によって知ったと言ってよい。私は九州から大阪に帰ってからしばらくは、司馬遼太郎記念館によく通った。同館は安藤忠雄氏の設計による。

司馬さんの書斎の横を通って庭を北側に回り込むと同記念館があって、司馬さんの執筆した書物や蔵書が広く高いホールの壁面いっぱいに天井までびっしりと並ぶさまは、壮観であり見学者を圧倒する。あたかも司馬さんの頭脳の中を見る思いがする。

愛媛県松山市の秋山兄弟の生家は、私の母校東雲小学校のすぐ西側にあって、当時住んでいた北京町から北上し電車道を横断して秋山邸の傍を通って毎日小学校に通った。当時は大人の話に出る「秋山さん」がどんなことをした人なのか知らなかった。それから三十有余年『坂の上の雲』を読んで秋山兄弟を知った。

産経新聞に「坂の上の雲」が連載されたころ（一九六三〜一九七二年）、私はちょうどデトロイトに留学中で、当時の産経新聞は読んでいない。それを読んだのは帰国後で、文庫本が出ており二〜三回は読了したと思う。二〇一七年に世界遺産に認定された「沖の島」は宗像大社の北方洋上にある。同大社には東郷元帥直筆の「敵艦見ゆとの警報に接し、帝国海軍は直ちに出撃、これを撃滅せんとす、本日天気晴朗なれども波高し」が展示してある。

横須賀市の港には戦艦三笠の複製が浮かんでいる〔同艦は日本海海戦（一九〇五年五月、日露戦争において対馬沖で行われた海戦）後まもなく原因不明の火薬庫爆発で佐世保港で沈没したが、そのレプリカが復元されて横須賀港に係留されている〕。日本海海戦の三笠の艦橋と軍人を描いた東城鉦太郎画伯の絵画は有名で、教科書などで学んだ人は少なくないであろう。

私もそれを思いながら、絵に描かれたブリッジに立ってみた。甲板には画伯の描く海軍々人が実際にどこに立っていたか、各自の人名が艦橋の靴の位置に描かれている。驚いたのは、艦橋が意外に狭いことであった。実際の艦橋は絵に描かれ、想像していたよりもずっと遥かに狭い部署であった。やはり絵は画伯の芸術的想像力による部分が大きいのであり、絵とはもともとそういうものだろう。

司馬記念館を設計した安藤忠雄氏は、ボクサーから建築家に転身した人である。あの複雑な建築という仕事を独学でマスターすることなど、桁外れの才能の持ち主である。ほんの短い学生の一時期、図学の講義を聞いたことがある私などは、一度で白旗を掲げたほどであったが。

安藤氏も、大阪にとってかけがえのない仕事を建築を通して果たしてくれた恩人である。「光の教会」、「住吉の長屋」、「坂の上の雲ミュージアム」など氏の多数の建築は独自の思想により有名だが、司馬遼太郎記念館もその一つである。最近では大川沿いの「桜の植樹」や「子供向けの図書館（予定）」も安藤哲学の産物である。

司馬氏も安藤氏も大阪の文化、食物を愛し、活躍の場を大阪に持つのが共通点である。

コラム⑤

安藤忠雄氏の子供向け図書館

建築家の安藤忠雄氏が設計し、大阪市に寄付する意向である子供向け図書館「こども本の森中之島」（仮称）は、書籍の購入費用や運営費に充てる予定の寄付金三億円が集まり、今年秋に着工し一年後の開館を目指すという。準備費（本の購入費用）、五年分の運営費約三億円が個人、法人の寄付で集まった。建築費は安藤氏の負担である。

本の貸し出しはしないが、入場は無料、周辺の中之島公園で読むことができる。地上三階延べ床面積は八〇〇平方メートル。中之島公園に建設予定（「大阪朝日新聞」二〇一八年六月二十七日より）

金子みすゞと中島潔

久留米大学在職中、ある年の医局旅行で山口県長門市の仙崎港の金子みすゞ記念館を訪問したことがある。幹事が絵心のある芸術的な人で同県光市出身だった。当時、小生は金子みすゞについてはほぼ白紙であった。その後勉強してみると、なるほど凄い人であった。世間的には薄幸の詩人と言うべきか、二十六歳の若さで自死してしまったようである。一九〇三年生まれなので、私の父と同年の人である。

彼女の詩はまさに古今独歩の境地を示しており、人の視点に留まらず、動物、植物、生き物全般、時には生物を飛び越えて無機物の土や雪、水の命すら謳っている。私が好きなのは、人並みだが、「蜂と神様」、「大漁」、「積もった雪」など。彼女のような詩人がこれまでいただろうか。古今独歩ではあるまいか。

他方、中島潔という画家がいる。今では大変有名だが、佐賀県の厳木《きゅうらぎ》町の出身である。この町で内科医院を開業しているＫ博士は、私がいた内科教室の元教室員である。Ｋ君が私の退職時に贈ってくれた少女像（中島画伯作）を載せておく。「あゝ、あの画家」と思われる方が多いと思う。

ⓒ中島潔

この中島画伯が金子みすゞの詩に触発されてその世界を絵画に表してくれている（『中島潔が描く金子みすゞ――まなざし』朝日新聞社、二〇〇二年）。私には金子・中島のマッチングは最上のコンビネーションのように思われる。

ケニアのサファリ

アフリカ・ケニアでのサファリは今でも印象深い旅行である。ナイロビでの国際糖尿病学会（IDF）も終わり、研究室の人たちと一緒に同国アンボセリ国立公園のサファリに参加した。途中、乗車したクルマのファンベルトが切れる事故に遭遇し、マサイ族の集落付近で立ち往生して、ナイロビからの部品の到着を待つことになった。

集落から現地人が女性、子供も含めて数十人が現れ、我々をじろじろと見物した後、いろいろの土産物を売り始めた。マサイ族は剣呑だと一行は危惧していたが、現実にはどこの国の田舎の人たちとも変わらなかった。私は木彫りのキリン、象と木製のペーパーナイフを購入した。ナイフは軽くて扱いやすく、二〇一八年現在も便利で重宝している。

車の修理を待って、国立公園に入ったサファリは素晴らしかった。その夜は公園のロッジで一行と一夜を過ごした。眼前にはアフリカ一の高峰キリマンジャロ五八九五メートルがそびえ、息を呑む景観である。周囲は一面にアフリカの大草原が広がり、ポツリポツリとバオバブや、アカシアの木がそびえている。キリマンジャロの山肩に明かりが見えたので、最初は人が火を燃しているのかと思ったが、それは錯覚で恒星の星明かりであった。

まだ明けきらない翌日の朝方、あたりに何かの足音と地鳴り、動物の鳴き声が聞こえ、皆起き出したが、なんとアフリカ象数十頭の一群がロッジの目の前を行進しているのであった。皆初めての経験で、息を殺してロッジの中から眺めた。象の群れはロッジには慣れているのであろう、何事もなく通り過ぎて行った。

昼間のサファリで観察した別の象の一群では、生後まもない仔象（毛が生え揃わず皮膚がピンクに見える）が群れから落後しないように必死で母象について行くのだが、体力の限界なのかすぐに眠り込んでしまう。しかし眠って落後すれば他の動物に襲われてしまう。母象は眠り込もうとする子象を鼻先で無理やり立ち上がらせ、歩かせては行軍に加わらせている。ここアフリカでも、生き残ることは容易ではないのだ。

ライオンも観察できたが、現地の案内人が遠くからライオンの姿を見つけ、あそこにいると指さすのだが、私たちには全くわからない。それから何百メートルも車で近寄って初めて確認でき、現地人の遠くの草原に動物を見分ける視力、眼力には脱帽である。よくテレビなどで彼

紫檀の彫刻 Makonde Family

ら雌ライオンが他動物などを狩りする場面が放映される。ライオンは新しい肉のみを食っているとばかり思っていたが、その先入観は誤っていた。

一頭のオスライオンがどこかへ移動するのを車でつけて行くと、前に食べ残したバッファローの死骸のある場所へ行きついた。大方七、八割は食べられ、残ったあばら骨の胸郭や体幹部分をそのライオンが食い始めた。ライオンは以前食べ残した死体をまた食べているのであった。骨が大部分の、食べ残しの屍骸をライオンが食いちぎり咀嚼するたびに大きな骨の破砕音が聞こえた。アフリカではこのような風景は日常茶飯なのであろう。まことに無駄のない、合理的な晩餐である。

詳しい経路は忘れたが、帰路は隣国タンザニアに廻った。ここで、紫壇に彫られた家族の置き物（Makonde Family、写真）を購入した。これを確か大枚十万円ぐらいで購入したが、これは今も貴重なアフリカ旅行の記念品としてわが家の一隅を飾っている。ファミリー像でひと際大きく彫られているのは大きなバナナのひと房を持つ老婆であり、その他の家族はこの面に十人、裏側にも十人が彫られている。手には、水甕、太鼓、楽器などを持っている。いずれも家族は一族が集まって暮らしているようだ。ここでは母系家族なのであろうか。

アメリカ西部旅行九〇〇〇マイル

アメリカ西部への旅行（一九六八年）では、ざっと九千マイルを走った。当初の計画ではカナダまで足を延ばす予定であったが、休暇期間を四週間と見積もっていたので、途中でこれは無理だと諦めて米国内のみに限定した。国立公園や景勝地をめぐっての感慨は尽きないが、今も心に残っている主な印象をまとめると次のようなことになろうか。

①最も印象的なのは、月並みだがグランドキャニオンである。向こう岸が遥か彼方にあり、足元の下方の渓谷を遊覧飛行機が飛んで行くのがトンボのように小さく見える。渓谷を流れるコロラド川へ降りるためのロバ（？）が観光客を乗せて降りて行く。桁外れのサイズの渓谷である。「安全を守るのは自己責任」と云う小沢一郎議員の指摘通り、観光客は自由に見物し、柵などは見当たらない。日本では見られないスケールである。

②イエローストーン国立公園。米国の第一号国立公園（National Park：ＮＰ）と誇るだけあっ

て、公園に入ってからさらに十数マイルは走る。大阪府より広いらしい。Old faithful（間欠泉）が規則的に噴水（熱水）を噴き上げる。大鹿が草をはむ。最も感心したのは、園内が清掃されチリ一つない。走っていると、レンジャーが手で一つ一つごみを拾っている。当時私の知る限り、レンジャーはわが国ではまだ知られていなかった。ちょっと質問すると丁寧に該博な知識を与えてくれる。日本なら理学部、農学部の卒業生であろうか。動物もバッファロー、エルク、ムース、クマ、キツネと多彩である。悠然と暮らしている。このNPでは、人手を加えないことを維持管理の基本原則としているらしく、自然発火の森林火災も自然鎮火を待ち、あえて消火しないようである。広大な面積が焼失したようであった。NP内ロッジで一夜を過ごした。

③ブライスキャニオンNPの浸食大地、モニュメントバレーの西部劇でおなじみの風景にも接した。地質学の実習を実感する。インディアンにも出会った。

④インディアンもメサ・ヴェルデNPなど各地「アメリカ先住民のための米政府の保護指定保留地」（リザヴェーション）で接したが、総じて隔離されて生活しているように見られた。後年、米国国立衛生研究所（National Institutes of Health：NIH）の調査が入ったのはこの地域か。

⑤砂漠地帯での砂嵐も経験した。車の窓をきっちり閉めて走ったが車内に細かいシルトがどうしても入ってくる。これは防ぎようがなかった。また雹《ひょう》にも遭遇した。車両保険にhailと書

いてあったのを思い出した。車はこれには強く、傷つくことはなかった。

⑥ロッキー山脈三〇〇〇m～四〇〇〇mを越え太平洋地域へ入るルートでは車が酸欠を起こし、ギアをローに入れ、アクセルを床までいっぱいに踏み込んでも車はのろのろとしか走らない。路傍では加熱したエンジンを冷やすためにボンネットを開け放ち、立ち往生している車がたくさん並んでいた。

⑦カルフォニアでは、死の谷（デスヴァレーNP標高マイナス何十m）が面白い経験であった。一日くらい監視員が通らないと言われており、同行していた当時四歳の長男が脱水症に陥ったときは心配したが、水分を補給し休息すると幸いすぐ回復した。

⑧セコイアNPも興味深かった。文字通り天を突くような巨木セコイアが所々に残存し、その根元に出来た空間を道が通るほどの巨木も見物できた。伐採されたのであろう、数は限られているようであった。

⑨ヨセミテNPは雄大で、NPらしい落ち着いた大きな公園であった。大きすぎて全貌をつかめなかった。

⑩ネヴァダ州では速度制限なしの道路も走った。確かに行き交う車はなく、好きに走っても自損は別にして事故は起こるまいと思われた。

⑪サウスダコタ州マウントラシュモア国立記念公園の四人の米国大統領（セオドア・ルーズベルト、トーマス・ジェファーソン、ジョージ・ワシントン、エイブラハム・リンカーン）の巨大岩山彫刻は観光のランドマークとしてその規模に度肝を抜かれた。米国は広大で、何も障害物のない草原がある。そこへ小型機で飛んできたご夫婦にも出会った。確かに移動時間を短くし時間を有効に使うのに、小型機は格好の移動手段だと思われた。

⑫総走行距離は九〇〇〇マイル弱になる。私はいろいろな事情から小型車（シボレーChevy2）を新規に購入したので車のトラブルの心配はなかったが、西部の国立公園に入るまでには直線で単調な高速道路をかなり長く走る。雨の日などは観光に向かないので、ひたすら西に向かって距離を稼ぐ。米国車は左ハンドルなので家内が右側の助手席に座る。家内はもともと左利きで左足がアクセルに届き、十分踏める。私も五〇〇マイルも連続で走るとアクセルを踏む右脚がだるくなり、六〇〇、七〇〇となると座骨付近が軽く痛む。そこで単調な直線道路で隣や前に車がいないときに限り、助手アクセルのドライヴにする。当時でもオートクルーズコントロールの車はあったが、留学生には手が届かない。周囲に他車がいると、もちろん本来の運転に戻る。九州ではオートのクルーズコントロールの車に乗ったが、日本では直線道路はそれほど多くなく（居眠りしないようにわざと曲げているとの話も聞く）、使いたいシーンにはあ

まり出会わない。あれは、アメリカでこそ便利な代物である。
⑬東部へは別の機会にAtlantic CityやＮＹ、ボストン、クーパースタウン、ナイアガラに出かけたが、南部はニューオーリーンズの国際学会に後年久留米大学から出席した以外、訪問の機会に恵まれなかった。「南部は知らない、行けなかった」と言うと、「そんなに残念がらなくてもいいとこだよ」と言うアメリカ人がいた。ま、仕方がない。

コラム⑥

クルーズコントロールの操作方法（二代目プリウスの例）

ハンドル右側で
1. レバー先端のノブを押す（メーター内のクルーズコントロール表示灯が点灯する）。
2. お好みのスピードまで加速（または減速）する。
3. レバーを下に下げると、設定完了（定速走行を開始する）。
4. その後は、セット速度を早くしたいときはレバーを上げ、遅くしたいときはレバーを下げる。
5. ブレーキを踏むか、レバー先端のノブを押すと解除される。

周囲に車のない高速道路では便利な装置である。米国の高速道路は直線でどこまでも続く。これがこのメカの生まれた理由である。

デトロイトの四季

一九六七年五月、私は家族を連れて市内の六マイル道路にあるSinai Hospital of Detroitの付属研究所のＦｏａ研究室に留学した。デトロイトの夏は高温・多湿である。夏は耐え難いほど蒸し暑い。大阪の夏に似ている。当時エアコンは一般家庭にまでは今日ほど普及せず、ダウンタウンでは暑さに、家にいたたまれず前の道路に涼を求めて出てきた人たちが自然に群れて話に花が咲く。

話は時に不満を呼び、それが蓄積し沸点に達すると暴徒と化し、それが一九六七年七月二十三日から二十七日デトロイトの暴動（riot）の一因になったとみなされている。食料品店など商店が暴徒に襲われ、州兵が出動し、多数の死者まで出る暴動になってしまった。日本ではこれが誇大に報道され、市の三割が焼けたと報じる週刊誌まであったようだ。私たちも「それほどは酷くないよ」と、なけなしの電話料金を払って日本の親たちに無事を報告した。当時は一ドル＝三六〇円時代で、日本からの円持ち込みも制限されていた。

それはともかく、私たちは夏時間で明るいうちに帰宅した私と家内、息子の三人でダウンタウンを南下してデトロイト川に浮かぶベルアイル（ベル島）に涼を求めて出かけた。島には野外音楽堂が設けてあり、ここで市の楽団が演奏をやっている。デトロイト川は五大湖のエリー湖とシンクレア湖、ヒューロン湖を結ぶ川である。この島で涼んでいると、時に大きな貨物船が日章旗を掲げて目の前をゆっくり東から西へと遡上する。外国で見る日章旗がこれほど感動的だとはそれまで思っていなかった。思わず、頑張れよと祈ってしまう。邦人なら誰もが外国で祖国日本を感じる瞬間である。

家内は英語を勉強するためにインターナショナルスクールに一時通っていたが、あるとき日本から世界的女流ピアニスト（確か内田光子さん）が来米し、デトロイトでも演奏会を開催、その会にスクールの先生が私たちを招待してくれた。そのときの観衆の長い大きな拍手に涙が出るくらい猛烈に感動した。誰しも同じだと思うが、外国で接する日本人や日本文化は格別である。

直接の関係はないが、糖尿病の国際学会があったアフリカケニアのナイロビで、現地のミュージシャンが日本の曲（確か坂本九の「上を向いて歩こう」だった）を見事に演奏したときも同じ気持ちになった。同席していた愛知学院大学の仁木厚、初美ご夫妻と一緒におひねりをステージに投げ入れたのを思い出した。

五大湖は実際に経験すると、桁外れのスケールである。ミシガン湖などジェット機で横断するのに約十分を要するし、冬期に凍結した湖面を見ると、湖岸周辺は平坦どころか高さ二〜三メートルの凸凹で小山のような氷塊の連続である。これではスケートなど思いもよらないであろう。強風の産物である。ミシガン湖岸のシカゴなどは風の都市（windy city）として有名である。冬季の戸外はマイナス二十度くらいであり、雪も結構積もる。住居の二階の窓枠に数キロはあろう肉塊をぶら下げて冷凍庫替わりにしている風景もよく見かけた。五大湖に住む魚の巨大なことにも仰天で、海に住むマグロやシャチなどと同大である。

当時は日本の寿司は今ほどの人気はまだなく、マグロのトロなどは意外にも安価で容易に入手できた。ただ持参した包丁だとうまく調理できず、鋭角に切れた美しい刺身の切り身などは家庭では望むべくもなかった。当時は、シカゴまで四時間くらいドライヴしなければ日本料理の店はなかった。

夏と冬の間には短い秋がある。ミシガンの山は一斉に紅葉する。全山が一様に真っ赤に染まる。日本では紅葉する樹木に交じって常緑樹の緑が存在し、秋のヤマを多様に彩る。日本の秋に比べると、ミシガンの秋はその点少し物足らなく思われた。

この前、遊び半分でデトロイトの旧住所をネットに入れてみた。アッと驚いたことに五十年後の今も旧居はほとんど当時のまま存在し、前の庭も、リンゴの木も、消火栓も、道路も、すぐ横の公園も当時と全く同じように残っていることが画像で確認できた。確かに世界は不易と進歩を同時に映し出している!!

米国車事情

デトロイトに到着してすぐ、米国生活には車が必需品とわかっていたので、前任者の知り合いの日本人整備工のいるシボレー・ディーラーに向かった。米国は職務分担がはっきりしており、売る方はそればかりやっている。少々乱暴だが、米国人と直接交渉して新車を購入することにした。怪しげな英語力だったが、売る方は買ってもらうために一生懸命説明してくれる。病院の組合で不足分は借金して、車は確保できた。二千ドルくらいであった。あとで聞いた話では、私が久しぶりに新車をよたよたと運転してディーラーの店を出て前の道路に出るまで祈るような気持ちで見送っていたらしい。

しかし車両保険に入るには、国際免許でなくてミシガン州公認の運転免許が必要である。これも実地試験を受けたのだが、あっさりしたものだった。雲を衝くような大男の試験官が助手席に乗り込んできて、車が傾くのではないかと思ったほどである。指示通り街を走れと言う。

この試験官とは、すぐ野球の話で盛り上がった。大男の前身は、聞いてみて納得のメジャーリーグ（MLB）サンフランシスコ・ジャイアンツの投手だったという。一〇分ばかりMLBの話をしたと思ったら合格であった。

デトロイトでアパートを借りてひと月くらい経ったころ、日本から送った船便の荷物がトレドに着いたと知らせがあった。トレドはデトロイトの南方エリー湖の西端にある港街である。乗用車では積み込めないので、小さなトレイラーを借りることになった。町の薬局でおばさんに聞くと「ヘミトン」にレンタルがあると言う。何度も聞き返して「Hamilton」であるとわかった。日本の大八車くらいのサイズのトレイラーを借りて受け取りに向かった。これをまっすぐ引っ張るのは問題ないが、家に運び込むにはトレイラーを勝手口までバックして運ばねばならない。これがなかなかに難しい。感覚通りではうまくいかない。何回も失敗しては繰り返し何とか家まで運ぶことができた。「ヘミトン」以外にも体温計を買うのにも苦労した。thermometerも「サモミター」とアクセントをつけてやっと通じた。単語は強勢とアクセントをつけるのが通用するコツであるらしい。

家から北方の勤務先病院研究所まで行くには、一度西行して南北に走るfree wayに入るのが便利である。ある朝、急いで右折した際一時停車を怠ったらしい。たちまち近くに張っていたポリスカーがやってきて交通違反切符を切られてしまった。研究室でこれこれと話すと、不服を唱えて裁判所に行くと、負けて罰金を取られるだけでなくダウンタウンの駐車料金も払わねばならぬ、しかも裁判に勝つ可能性はゼロに近い、と言う。アメリカの法廷も経験したいと思っていた私も、ついに行きそびれた。罰金を払い込んで忘れることにした。

便利なことも多い。米国のちょっとした町にはＡＡＡ（トリプルＡ、American Automobile Association）のofficeがある。その土地の道路、名所、ホテルのことならすべて把握している。現在はネット時代でＡＡＡも変貌しているだろう。入会して会員になり、行き先と日数を告げると、ルートの地図を作成して小冊子として手渡してくれる。自動車旅行にはこれはずいぶん重宝した。これも今のネット時代ではもっと便利に進化しているであろう。

日本の運転免許証も八十歳で返納した。運転の楽しみを味わうことはできないのが少し寂しい。

旅の記憶

昔、デトロイトのフォア研究室へ、大阪大学医学部第二内科の数人が何年か続いて留学していた時代がある。国際学会が日本であり、誰が言い出したかフォア教授夫妻を日本国内小旅行に招待しては？　の案がまとまり、皆で小遣いを出し合ってご夫妻を関西（京都、大阪、奈良）あたりへ交代でガイドした。

小生もその旅程の一部を担当した。細かいことは覚えないが、小生は箱根周辺を担当した。確か、箱根の観光名所にご夫妻を案内し、旅館に宿泊した。幸い天候にも恵まれ、東京の宿泊ホテルまで同行する予定であった。ところが、私の不注意からカメラ（ニコンＦ３）を駅の切符購入窓口に置いたまま、東京行の電車に三人で飛び乗ってしまった。途中でカメラの置き忘れに気付き、私だけが乗車駅まで引き返し窓口を見ると、なんと、カメラがそのまま窓口にチョコンと乗っているではないか!!　私はホテルの夫妻に電報を打った。"I have found the camera at the ticket counter !!"

夫妻は帰国後、「日本では駅の出札所に放置されたカメラが無傷で返ってきた」――この話が一番人気があったと言い、何十回と話したという。旅の記憶はしばしばこのように全く意図しない偶発事件に占められることが往々にしてあるが、私のうっかりは、図らずも旅人の記憶に強く残ったようだ。

現代の二一世紀の日本でもう一度同じ安全神話が繰り返されるか、と聞かれれば私には「イエス」と言うだけの自信はない。夫妻は日本の数週間の観光旅行を浦島太郎のような大名旅行だったとしばしば語っていたが、安全な日本社会を象徴するカメラの無傷回収事件は、日本社会の安全神話No・1として夫妻の記憶に強烈に残ったようだ。旅の記憶は周到に準備された観光地の記憶などは、突発的、偶発的な事件には到底かなわない。

同窓会いろいろ

同窓会（同期会）にはいろいろある。幼稚園は愛媛県大洲市だったが、一年きりで松山へ転居したので存否は不明である。小学校（松山市立東雲小学校）は六年のとき松山の中心部が空襲で炎上し、敗戦になり疎開や転校で同期生が四散したこともあったが、奇跡的に同期会（昭和十五年東雲小学校入学で全クラス合同の学年同窓会）が復活結成され、これが今も毎年開催されている。私も大学を定年退職後はほぼ毎年参加している。この会は、戦時下の小学生が体験した太平洋戦争の記録文集を小学校同期会の記録として残すことができた。

会場は伊予鉄会館にほぼ固定され、非常に熱心な幹事数名の献身的な活動のお陰で毎年六月に開催されている。同窓会活動の成否は一にも二にも幹事の熱意にかかっている。この会ではMさんという理想的な幹事を中心に、毎年地元の幹事数名が素晴らしい仕事をしてくれるのが大きい。毎年三時間くらい一次会をやり、その後スナックでカラオケを楽しむのが習わしになっている。

高校は二年時の共学と全国的な高校再編統合（私の場合、東高→北高）もあり、二つの高校の同期会があった。松山東高は昨年だったかを最後に中止になってしまった。卒業した北高は存続している。定年退職後は私も自由時間が増え、近畿支部会に可能な限り参加している。

大学は昭和三十三年卒が毎年同窓会を大阪で開催している。大学医学部の同窓会も、これまで毎年開催されている。私などは八十歳で勤務医を退職したが、自宅開業をしている人はまだまだ元気に現役医師である人が多い。ヒトは働いていると溌溂としている。この会は現役医師が多いのが同窓会活動を活発にしている。

私はもう一つ、ちょっと変わった同窓会（職場同期会と言うべきか）にも参加している。それは卒業して数年、知識の吸収、労働意欲ともに一番旺盛な時代にともに働いた「病棟や外来の看護師・医師の合同同窓会」である。

会場は現阪大病院近くの千里中央のホテルに決まっている。近況報告以外に「正岡子規会」や「川柳・俳句を楽しむ」など、バラエティーに富んでいる。それが続いている別の原因であろう。この会も、コアになる幹事に看護師・医師の熱心な会員が活動してくれるからこそ存続している。

太平洋戦争と松山大空襲

1　松山大空襲と全市炎上

昭和二十年七月二十六日夜十一時、当時私は現潮見小学校、（当時の温泉郡潮見国民学校、当時、小学校は正式には国民学校と呼ばれていた）六年生の十二歳で祖母の実家、潮見村吉藤に祖母、弟、私の三人で疎開（空襲から逃れるため田舎にある親戚などに一時避難すること。主に子供と高齢者を対象に実施された）していた。父は旧制西条中学（現西条高校）に教師として、今でいう単身赴任中であり、母が独り松山市北京町《きたきょうまち》二丁目の家を守っていた。私は潮見小六年生で、東雲小から縁故疎開で転校し、まもなかった。

空襲警報のサイレンが鳴り響き、いつまでも止まないままに外に出てみると、南の空が真っ赤に染まり、松山市が敵機（米軍爆撃機）から投下された焼夷弾（強い延焼作用を持つ爆弾、当時の日本の建物、特に一般住宅はほとんどが純木造であり、したがって燃えやすい）により大規模に炎上していることがわかった。皆、息を呑んで呆然としていた。当時は東京、大阪、名古屋などの大都市のみならず、広島、呉などの地方都市も次々にB29（米軍の四発プロペラ大型爆撃機）の空襲を受けていた。それまで無傷だった松山も、ついに標的になったのである。

昭和二十年に入ると、米軍のB29が二十機余り編隊を組んで、中国地方の都市を空襲するために松山上空から瀬戸内海を横断し、北上する様子が地上からよく見えた。高い青空の中ではB29の編隊はわが物顔に悠々と飛行し、キラキラと真っ白に美しく輝いていた。時折応射する日本の高射砲弾は、飛行機まではまるで届かず、遥か下方で炸裂し、むなしく炸裂煙痕を残していた。

これより前、日時は記憶しないが、まだ私が北京町に住んでいたころ、東雲小から下校途中に戦闘機グラマンの機銃掃射（機関銃の一斉射撃）を受けたことがある。空襲警報の鳴り響く中、下校中であった私たちは轟音とともに急降下してきた米国グラマン戦闘機から機銃掃射を受けたのだ。町の軒下に這いつくばった私の横を、機関銃の弾丸がダダダダーと道路に沿って一、二メートルの間隔で弾痕を残していった。すべてが数秒のあっという間の出来事であった。命中していれば無論命はなかったはずである。昭和十九、二十年ころ、制空権は完全に敵米軍に握られていた。

2　戦時空襲下の松山

潮見小学校に縁故疎開したのは六年生の新学期（昭和二十年）に入ったころだろうか。北京町の家は借家であったが、当局の方針で空襲による火災が全市街地に拡大することを防止する目的で、家を壊しては狭い道路幅を次々に拡張していた。つまり家を壊して間引きし、街に人工的な空き地を造っていた。我が家の玄関、茶の間は撤去され空き地になり、残された離れの座敷で母が独り生活していた。

さて冒頭の松山空襲の夜である。疎開先から空襲警報のサイレンが鳴り響く中、真っ赤に炎上する南方の火の手を見て、親戚の者と私たち家族一同は大きなショックを受け、呆然とした。この大火災の様子は、当時西条中学に教師として勤務していた父も、約四十キロの距離から西の空が真っ赤に染まるのが見え、松山空襲を知った、と後で聞いた。さぞ心を痛めたことであろう。

その翌朝、空襲警報が解除され、母が私たちのいる疎開先へ当然来るはずの時間がきても一向に現れない。果たして無事でいるのか心配でたまらない。不吉な予感がよぎる中、一歳上の親戚の男の子と二人で、私は北京町のわが家へ母を捜しに向かった。

家は無残に焼け落ち、あたりを探し回ったが幸い母らしい人は、見つからなかった。母が住んでいた八畳・六畳の離れは全焼していたが、なぜか庭にあったクスノキは、大火災にも負けずにほぼ無傷ですっくと立っていた。さらに不思議なことに、疎開の荷物を引いて往復した大八車（木製の台車の下に大きな鉄の輪を嵌めた木製の車輪が二つ付いていてこれを二人掛かりで動かした）が、その木に繫がれたまま、これまた無傷で残っていた。

当時、家では鶏を二羽飼っていたが、焼け落ちた鶏小屋の下で可哀そうに焼け死んでいた。今の皆さんには想像も難しい食糧難（戦争で食料品など生活物資は欠乏し、ほとんど入手できない）の時代である。私たちはその焼け焦げた鶏も、その他の使えそうな焼け残った食器などとともに大八車に積んで疎開先へ戻った。早速その鶏を、何とか調理して食べようとしたが、結局駄目だった。焦げ臭く苦くて食べられたものではなかったのだ。スープもひどい匂いで駄目だった。

夕方、日暮れ時に母がトボトボと疲れ果てて疎開先に現れたときは、家族と親戚の皆が無事を喜んだ。聞けば、風上の市の南方面へ逃げて助かったようである。そこから市内一面の焼け跡を突きって北の吉藤町まで歩いて数里の道を帰ってきたのであった。

焼夷弾には信管がついていたが、時折不発のまま落ちている焼夷弾があった。その信管（油脂焼夷弾が落下すると衝撃で発火し、その作用で主成分の油脂を燃焼させるために取り付けられた装置）の中に燃えやすい鉛筆の芯に似たもの（名称不明）が入っていた。疎開先の友達の中にそれを器用に抜き取る技を持った奴がいた。私たちはそれをストロー（稲藁）に差し込んで、端に火をつけた。するとシューと音がしてストローがロケットのように何十秒間か空に舞い上がった。

私たちはその遊びに夢中になった。今なら親が危ない!! と飛んできて大目玉を食うであろう。そのころ親たちは食べ物の調達に大わらわで、子供の遊びにまで眼が届かなかった。食べ物といえば米の飯（「ぎんしゃり」と呼んでいた）など夢に見るだけで、水気が多いので顔の映るように薄い薄いおかゆ、空き地に植えたサツマイモはもちろん、その蔓や葉、かぼちゃなど、食べられるものは何でも食べた。塩（食塩）も欠乏し、むろん入手できない。一升瓶二、三本を持って海へ海水を汲みに行き、それで塩味を付けたが、食塩の味に加えて当然にがりの味がした。塩化マグネシウムの味で、とても苦い。

3　昭和二十年八月十五日——玉音放送

八月十五日正午近く、予告通り天皇陛下（昭和天皇）のお言葉がラジオから流れてきた。有名な玉音放送である。当時の国民で天皇の玉音を聞いた経験をもつものはいなかった。雑音が強く、天皇のお声はその中に混じってほとんど聞き取れなかった。耳を澄ます中、切れ切れに「朕ハ帝国政府ヲシテ米英支蘇四国ニ対シ其ノ共同宣言ヲ受諾スル旨通告セシメタリ」……「堪へ難キヲ堪へ忍ヒ難キヲ忍ヒ……」という、今では有名な天皇のお言葉が雑音に混じってかろうじて聞こえてきた。ああとうとう日本は米、英、支那、ソ連に負けたのだ、と皆落胆の余り呆然とし、何事も手に付かなかった。

学校教育も今まで教えられてきたことが敗戦後はすべて間違いとされ、小学校では修身の教科書などの戦前の記述が敗戦後の民主主義思想と全く相容れないので使えなかった。教科書の古い記述は教師の指導のもとに墨で塗りつぶされた。昭和二十年八月十五日を境に、学校教育は、これまでの「皇国思想」から「民主主義」へ、「鬼畜米英」から「民主主義のお手本米英」に、一八〇度劇的に変わったのであった。先生の教えることがすべて正しいとは限らない。この衝撃が最大の衝撃であり、私たち世代の得た最高の貴重な教育であり教訓であった。

その後まもなく、米兵がジープに乗って町中を走り廻るようになった。車もピカピカで米兵もきれいな軍服を着用し、エネルギーにあふれる若い兵隊であった。私たち松山市民は、着たきりのもんぺ姿や、薄汚れた国民服で皆浮浪者のように見えた。私は昭和二十年秋、梅津寺にある高濱小学校に転校していた。梅津寺の海水浴場の砂浜には大きな上陸用舟艇が乗り入れられ、その巨大な船腹からジープが砂浜に敷かれた鋼鉄製の上陸用桟橋を通って何台も次々と上陸して行った。

松山が米軍により占領されたことは、子供にもよく理解できた。子供たちは米兵を見ると「ギブミーチョコレート、ギブミーチュウインガム」などと叫んでは、敗戦日本では手に入らないキャンディーなどを手に入れていた。それまで子供にとって松山のような地方都市で米兵(外国人)を見ることはなく、子供らしい好奇心から彼らをじっと眺めていたことを覚えている。

4 二度目の占領下の松山

松山が占領されたことは、実は初めてではない。司馬遼太郎氏の『坂の上の雲』にも記述があるように、一八六八年(慶応四年:明治元年でもある)松山藩(徳川幕府側:朝敵)は、土佐軍(政府軍:官軍)に占領され、藩は十五万両もの大金を賠償金として支払った。市民は当然その賠償の大きさに苦しんだ。このころの松山の庶民の困窮ぶりは、『坂の上の雲』に詳しい。この困窮から抜け出すには、明治初期の松山人は勉強するしか道がなかった。「貧乏がいやなら、勉強をおし」と親に言われ、後述する秋山兄弟も正岡子規もこの境遇にあり、しかもその逆境にめげなかった人たちであった。米国による一九四五年（昭和二十年）の松山占領は、したがって、二回目の占領に相当する。

翌昭和二十一年、私は旧制松山中学一年生であった。農家の人は別にして、町で見かける人々は食糧不足のため皆痩せて、ひどい人は栄養失調で青白い顔にはむくみがきていた。衣服も極端に不足し、町行く男は国民服と呼ばれるカーキ色の薄汚れた服（当時の陸軍が定めた服装）を着ていればましな方で、旧陸軍からヤミ流しされた軍服や軍靴、帽子（戦闘帽）を身につけている人もいた。女は防空頭巾にもんぺ姿が多かった。

伊予鉄市駅前では闇市が開かれ、人々は何か目ぼしいものはないかと、いつも人だかりがしていた。また香具師（「やし」と呼んでいた）が面白おかしい口上で品物を売っていた。

町は当時「バラック住宅」と呼んだ焼け残りの古い材木、木の板、トタン等で作り上げた雨露を防ぐばかりの俄仕立ての掘っ立て小屋が多く、電気はついていなかった。

旧制松山中学校も丸焼けで、急ごしらえの平屋木造の校舎の窓には、窓ガラスの代わりに障子紙が使われていた。その後やっと窓枠と窓ガラスが入れられたが、夜間の盗難に備えてガラスに学校名を硬い石などでこすって入れていた。教科書は新聞紙のような大きな紙に文字や図が印刷されており、それを自分で切ってタブロイド版の教科書に仕上げ使っていた。机は五〇×二〇センチくらいの木の板に、二本の丸太の足をつけた即製机を各自が手作りし、生徒は床にじかに座った。江戸時代の寺子屋に近い。

しかし今から思えば、先生も生徒もその環境で一心に勉強したものである。ちょうど今のアフガンやイラクの子供たちもこれに近い生活をしているであろう。勉強しようとする生徒とこれを立派な市民に育てようとする高い志を持った先生がいる限り、劣悪な環境でも教育は可能である。

5　東雲小学校と秋山兄弟

戦前の東雲小学校は、現在の秋山兄弟生誕地のすぐ東側にあった（文京町の現東雲小は歩行町から戦後移転したものである）。歩行町（当時は確か中歩行町といった）の東雲小に一年生として入学した私はほぼ六年間毎日、疎開する直前まで秋山邸の傍を通って東雲小に通学した。

松山の人は「秋山さん、秋山さん」といって尊敬している様子が会話の端々に窺われたが、凡庸な小学生であった私は、「秋山さん」がいかなる偉人かは当時全く知らなかった。先生も教えてくださったのかもしれないが、記憶がない。私が秋山兄弟を知ったのは、恥ずかしながら昭和四十四年、前述『坂の上の雲』によってである。

皆さんは歴史を習っているでしょう。歴史とは、どんな勉強だと思いますか。

司馬遼太郎氏は、氏の遺言ともいえる小学生に向けた『二十一世紀に生きる君たちへ』（世界文化社、二〇〇一年）の中でこう言っている。「私は歴史小説を書いてきた。もともと私は歴史が好きである。両親を愛するようにして歴史を愛している。歴史は大きな世界である。かつて存在した何億という人生がそこに詰め込まれている世界である」と言っている。

その司馬氏によって、秋山兄弟が近代日本に果たした大きな役割が明らかにされた。兄弟は正岡子規とともに畢生の大作『坂の上の雲』に主人公として登場し、世に出たと言える。この秋（二〇〇九年）からこの小説はＮＨＫでドラマ化され、三年もの間連続して放映される予定であることはご存知と思う。

また二〇〇八年十二月、惜しまれながら世を去った戦後を代表する偉大な知識人加藤周一氏は、いみじくも「過去が歴史ではなく、現在を決定する過去が歴史なのである」と、これ以上ないほど明快に歴史を述べている。

秋山兄弟と子規は、疑いもなく日本の歴史や日本語を決定した人たちである。東雲小の皆さんは、「秋山兄弟生誕地」、「坂の上の雲ミュージアム」、「子規記念博物館」にぜひ足を運び、郷里松山が生んだ偉大な先輩を知って誇りにしてもらいたい。同時に、戦争によって松山が被った歴史をしっかりと記憶し、認識してもらいたい。

空襲については、『絆――戦時下の小学生が体験した松山大空襲』東雲小学校三十七回同期会（昭和十五年入学、同二十一年三月卒業）編、三六‐四一頁より引用した。（文中の説明文は、平成二十一年五月現在の母校在学小学生を対象に記載したので、今では分りづらいと思われる単語に注釈を付した。）

コラム⑦

東雲国民学校時代の思い出

私は昭和十五年（一九四〇）四月に東雲国民学校（現在の東雲小学校）に入学した。当時の小学校では皇国思想が教えられた。六年間天皇中心の皇国史観がもっぱら教育された。

当時（一九四五年八月十五日以前の昭和時代）は、今と違って教師が生徒を殴ることは日常茶飯に行われていた。私の経験では、不注意に校庭の花壇に入り、T教師がずっと離れた校舎の窓から何か叫んでいたのに近視のせいもあって気づかず、後で思い切り地理付図帖で表紙が歪むほど殴られた。

しかし良心的・常識的な教師ももちろん大勢おられた。別の先生は、日曜日に郊外へ写生のピクニックに私たちを引率して連れていってくださった。さらには授業中に子供用の『古事記』をやさしく読み聞かせてくださった。私は受け持ち教師が所用で教室を離れるときは、父にもらった岩波文庫版のグリム童話の物語を話して級友の面倒を見たこともあった。

やがて太平洋戦争の戦局が悪化し、下校途中に敵機グラマンの機銃掃射を受け、すんでのところで落命するかもしれないという経験もした。昭和二十年になると、松山上空は広島や呉に空爆に行くB29の航路になり、しょっちゅう空襲警報が発令され、そのたびに庭に掘った防空壕に逃げ込んだ。その時の湿った土の匂いを今も覚えている。

太平洋戦争の敗戦によって、これまで六年間受けた皇国史観に基づく教育はすべて誤りであった、と一夜にして反故にされ、否定された。戦後は新しく民主主義を基本原理とした民主教育が実施された。価値観の一八〇度の大転換である。昨日まで教師の教えを金科玉条と受け入れてきたが、それは一体どうなったのか？　これまで教師の教えることは正しいと思って勉強してきたが、それが今度は誤りであったと否定された。私にとって、教育の限界を身をもって学んだ重大事件であった。「教師の教え＝不変の真理」の図式は一夜にして崩壊した。以後は自分自身の判断で、この世の原理を自分が勉強しなければならない。学校の教育の内容は不変の真理ではない。それは自分で勉強して獲得する以外にはない。

私は教師の教えることが正しいとは限らないことを骨身にしみて痛切に学んだのであった。これは形こそ違え、天が私たちに与えた大きな試練であり、またとない超絶の教育であった。

旧制教育制度から新制教育制度へ

一九四六年の旧制松山中学

敗戦直後の中学は、二十一世紀現在の学校の冷暖房にも配慮した教育環境に比べれば、まことに劣悪の環境であったが、それでも生徒は皆一心に勉強した。生徒は、遠くは南予方面からも松山中学へ留学し、英語（アルファベットから始まる基礎英語）や数学（代数、一次関数、幾何）を勉強した。一次関数はその後大学の教養課程まで、何回となく学んだのであった。

学校教育の基本は、学びたい生徒と教えることに喜びと誇りを持つ教師がいれば、成り立つのであって言い換えれば、啐啄同時《そったくどうじ》である。

今のアフガンやイラクの子供たちも似たような状況ではなかろうかと思っている。

旧制教育制度から新制教育制度へ

松山市の旧制度では、敗戦時市内に県立中学が二校、県立女学校が二校の計四校があった。これをなぜか三校に改編した。これに従い新制度の東、南、北高校の三校が制度上新しく誕生し、初めて男女共学となった。生徒は居住地域により東、北、南の三校のいずれかの学校に転校することになった。私は、新制高校への通学校区はこの原則に沿って厳格に行われたとのみ思っていたが、寄留制度などを使って以前の学校にとどまった生徒もいたことをのちほど知ることになった。何事にも抜け道はあったのであり、これがわが国の現状であったのだ。

松山中学（一八七一年創立、現松山東高）へ一九四六年（昭和二十一年）に入学

私どもは前述の旧制松山中学に入学したが、この中学は愛媛県では最初の中学であり、いわば第一中学である。入学試験は口頭試問も行われ、受験生は教育勅語を暗記して臨んだ。試験には、「知っている俳句を言ってごらん」と言われ、蕪村の「菜の花や月は東に日は西に」と答えたりした。当時、教師には松中出身で大学で国語を勉強したS先生がおられ、漱石の『吾輩は猫である』などを教材に、熱心に授業を行っていただいた。中学四年までは今の松山東高にいたが、前述学制改革で松山北高に変わることになり、同時に男女共学になったのであ

る。
北高では驚いたことがいくつかある。初めて共学となった女子高生は、国語の授業では極めて活発に自分の感想を述べる。あっけにとられていると、学年末にサプライズが待っていた。

新教育制度でのハプニング

通知表の国語の話し方の評価は「三」であった。文章を読んで女子生徒のように感想を発表しないからだと言われた。また生物では、学習態度評価が「一」である。これにも驚いて隣のM君に話すと、彼も「一」であった。担当教師に二人で抗議に行くと、君らは授業中に私語をしていたと言われた。生物学習の態度を修身の態度とみなして解釈されたようであった。私のこの成績は、大学入試にも内申書としてそのまま使用されたはずである。

新制高校はこのように、教師も生徒もこれまでと違った環境に戸惑っていた。修学旅行も、なぜか私は参加しなかった。それにしても、もう少し常識的な態度をとればよかったと今は後悔することでもある。わが国の社会全体が戦時中の軍国主義から戦後の民主主義の体制に変容するため苦悶していたのであろう。

コラム⑧

私が受けた生涯最大の教育は日本の敗戦

小学生時代の最大の試練は六年次に経験したわが国日本の敗戦である（昭和二十年八月十五日、一九四五年）。いわば動物としての痛切な体験である。

私を含め、多くの同時代小学生にとって、小学生時代に受けたこの経験こそ最大の教育における事件であった。

これまで受けてきた教育は誤りであったとされ、価値観が一夜にして一八〇度変換したからである。

実は、日本では必ずしも内戦と認識されていないようだが、徳川幕府軍と明治政府軍の戦争、あるいは対立は各地で生じている。松山占領もその一つのあらわれにすぎない。

3　引っ越しと蔵書

手紙をワープロソフトで書く

私信手紙は手書きで認めるのが丁寧で礼に適うと言われている。私もできればそうしたいと思っている。しかし私は悪筆であり、ワープロソフトを用いて書く。

その理由を列挙してみると、次のようなことになろうか。

第一に、確かにワープロの文字は読みやすいが味気ない。個性や特徴が出にくい。しかし利点もある。それはよほどの達筆や整った文字を書ける人はともかく、私のような悪筆は往々判読に時間と手間を要する文字を書く。書字の達者な人とは、いつ書いても同じような字体をかける人であろうが、私などはその日の体調によってばらばらである。

整った文字を丁寧に一字一字書くのは大変な努力と時間を要する作業である。そこで勢い読みにくい文字を書いてしまうことがままある。読む苦労を相手に与えるよりは味気なくとも、読みやすい文字を、と考えてしまう。一目で判読できる住所、宛名などは郵便局員各位も歓迎されるであろう。

第二、またこれが肝心な点であろうが、私などはよほど特別な私信は別として、以前に書いた内容を、誰に何を書いたのか正確に、思い出せないことがある。ワープロはこの点、何時（〇年〇月〇日）、誰に、何を書いたのか正確にまた容易に記録できる。この利点は実に大きい。

第三に、書いた文章を、人や時間によって容易に分類してPCやUSBに保管できる。それを取り出すのも容易である。

しかし不自由な点もある。

私などはディスプレイを見ながら〝ブラインド〟で打つことができない。一字一字指一本で雨だれのようにキーボードとディスプレイを交互に見ながら打つのである。現役のころ『キーボードを3時間でマスターする法』（増田忠著、日本経済新聞社、一九八七年）を買い込んで、一時期、ほんの数日間ブラインドで打てた時期があった。

しかし急に改まった文書を作る必要に迫られて「雨だれ式」に戻したら、「10分でキーボードを忘れる法」を発明してしまった。以来、この方式である。しかし、あるときテレビで日産のゴーンさんが「雨だれ方式」で打っておられるのを拝見して以来、いわば安心してこの方式に淫している。

このようなわけで、私はワープロを使って手紙を書く。幸い私の友人、知己は私の事情を察して許してくれる心の広い人たちばかりである。この人たちに感謝しながら、私は今日もワープロで手紙や原稿を書いている。

手紙（郵便）の消印

郵便物には切手の上に消印が押されている。本来はいつ郵便局を通過したかの証拠の印であろう。この印章は正確に押されていれば年月日と時間帯が押されているようだ。しかしこれらの印字のすべてが判読できる郵便物もあるが、中にはほとんど読めないものもある。切手を再使用しないようにとの目的のみを考慮して押印されているものも多い。

私は保存する価値がある、と考える郵便物は保存しておく習慣がある。上司や先輩、恩師からの手紙や久しく会わない旧友からの手紙は懐かしさもあって保存しておくのが習わしである。何かの機会、例えば転宅したとき、勤務先が変わったとき、遠隔地へ出張や留学したとき、帰国したときなどがこれに当たろうか。久しぶりの手紙などは来信した日付（年月日）を記入しておけば消印に頼らずともよい。

なぜこんなことを書くのかと言えば、日本では習慣上手紙には書きあげた月日、例えば「二月二十五日」と書いても「二〇一八年（または平成三十年）二月二十五日」と書かないことが多いからである。しかし何年か経過したのち、それを二〇一八年と判断するのは意外に難しい。内容から判断できることはあるが、できないことも多いからである。

私のように消印（手紙が書かれた時期）を重視する人間は少数派なのであろうか。もちろん自分で来信に年月日を記入すれば一件落着である。こう思ってしばらくは実行するが、いつのまにかまた怠ってしまう。困ったものである。

文語のリズムと記憶

涙もてわがパンを食らい
煩い多き夜夜《よなよな》を
床の上《え》に泣き明かしたることなき者は、
天なる御力よ、おん身を知らじ。（小宮豊隆訳）

Wer nie sein Brot mit Tränen aß,
Wer nie die kummervollen Nächte
Auf seinem Bette weinend saß,
Der kennt euch nicht, ihr himmlischen Mächte.（原文）

その昔、教養課程でドイツ語を学んだとき読んだ、ゲーテの『ヴィルヘルム・マイステルの徒弟時代』に出てくるハープ弾きの爺さんの弾き語り（小宮豊隆訳、岩波文庫）の一節である。このような詩を日本文に移すとき、ぴったりくるのはやはり文語である。小宮訳では陰々滅々の雰囲気が見事に表現されている。名詞の単複もきっちりと移されていて、流石《さすが》の名訳である。

仕事が八方ふさがりで、闇雲にもがいているときにふと思い出した一節である。ドイツ語や日本語でも情景描写には口語よりも文語がふさわしい場合が多々あるようだ。なぜか文語文の断片は心の片隅に引っかかっており、それをリズムとともに記憶しているのであろう。文語のリズムはなぜか心に残りやすい。

今の世は断片を記憶していれば、ネットで容易に原文を拾い出すことが可能である。私のように記憶力に自信のない者には大変ありがたい世の中になったものだと思う。『平家物語』も、あのリズムを紡ぐのはやはり文語文であろう。小学生時代「宇治川」の先陣争いを教わった音読リズムは今も残っている。

どうも文語は記憶に訴える要素を持っている。そこに秘密があるようだ。私はあるとき、東郷元帥の「連合艦隊解散の辞」が必要になり、持ち合わせの書籍をすべて当たったが、見つからない。結局見つけたのはネット上であった。断片的な文章であっても、その部分さえ記憶していればこそ、たどることができたのである。文語と脳の記憶メカニズムには未知の関連があるように私には思われる。

『平家物語』高橋貞一校註、講談社文庫（下）、一九七二年、一一六頁

新患紹介は国語教室

教授時代の毎月曜日朝八時より、前週一週間に新しく入院した患者さんの紹介が主治医から全教室員を対象に行われる。氏名、年齢、現病歴、既往歴、現症、臨床検査成績、現時点での疑い病名、これからの臨床検査、治療方針などである。その時点でわかっている情報を教室員が共有し、疑問点は質《ただ》して確認する。もちろん効率よくこれらの事項を紹介するために、一定のフォームに従ってコピーした書類が配布される。主治医は教室員からの質問に正確に答えなければならない。

問題は、この紹介用の書式の日本語である。それから、そして、だから、したがってなどの接続詞のオンパレードである。あるとき、同じ単語を数え上げたら十六回になった。同じ言葉の反復は避けるのが普通である。しかし当時の共通一次試験や入学試験では短時間に採点し選考するため、問題文のあとの四～五個の回答から正解の記号を選ぶ形式が多い。少し長い文章をまとめる技術などの訓練はまったく受けてこなかったに違いない。

これらの文章を添削していると、新患紹介や退院時サマリーなど少し長い文章では、同じ言葉が何度も出てくる。これを質していると臨床医学からほど遠く離れてしまい、国語教室になってしまう。幼児教育、小学校から中学校、高校、大学と国語教育は先送り、先送りを繰り返し、最後の卒後医学教育にすべてが委ねられたのであろう。

また、この原因と思われるのは、近年若者は手紙を書く機会が極端に少なく、電子メールや携帯電話で済ませる社会の風潮も大いに関係しているに相違ない。とにかく人にわかりやすい簡潔明瞭な報告文を書く訓練が学校教育の最後に回されているのは、決して看過できない教育法の誤りである。最近、大学入試問題に文章作成能力を見る方法が加えられたのは、この欠陥がやっと社会的に認知された結果であろう。大賛成である。

最後に一つだけ、報告文のお手本を示しておく。「敵艦見ユトノ警報ニ接シ、連合艦隊ハ直チニ出動、之ヲ撃滅セントス。本日天気晴朗ナレドモ波高シ」（一九〇五年五月二十七日、日本海海戦当日連合艦隊より大本営への電文）。

コラム⑨

人とは何か、その特徴は何か

動物も個体の経験を子に伝えることはできる。実際にほとんどすべての哺乳類、鳥類などの動物は子育ての段階でこの伝承を行っている。食物、獲物の獲得方法の教育は代表的なものであろう。

ヒトは無論これができるが、言語を持つがゆえに個体の経験（歴史）は子のみならず孫、ひ孫を通じて間接的に直系の子孫に伝えることが出来る。さらには血縁のない同胞や外国人にさえも、伝達可能である。こうして人類は世代の経験、人類の叡智を代々引き継ぎ、叡智は蓄積されていく。これが文化である。

蓄積の基本は言葉すなわち言語である。したがって言語の教育こそ教育の最重要の課題であり、基本中の基本である。言い換えれば言語能力（国語力）を十分鍛練することであるが、鍛練は面白くない。繰り返しが避けられない。しかしこれは必須であり、子や孫にはこの原則を否応なしにたたき込むことが基本である。いわば言語の鍛練を通じて、動物は初めて人に変わることができるのである。一言で言えば、国語教育の訓練こそ最重要の教育の課題である。

引っ越しと蔵書

大学卒業後だけでも前後十回程度は引っ越しをしている。医局から義務出張で松阪へ、留学のための準備に大阪で一回、留学先デトロイトでも二回転居した。帰国後も三回。久留米への赴任で二回。中でも転居に伴う書物・雑誌の処置では苦労した。結局最後の三回くらいは、雑誌は廃棄し、単行書は廃棄したり寄贈したりして結構面倒であった。

書物には、少なくともいつでも必要なときに読めるように傍に置いておく本、しかし推理小説のように初めからずっと読む本、定期刊行雑誌、特集号などいろいろある。困るのは医学書以外の書物の処分で、ある程度選別の上、三分の二くらいは廃棄した。問題はどれを残し、どれを処分するかである。確か残しておいたはずと思って探すのだが、書棚に見当たらない。それなら廃棄したか、寄贈したかである。探しあぐねて寄贈先に電話して探してもらったことも一、二度ある。

今の家は大阪万博後、阪大時代に住んでいた集合住宅である。スペースは限られており、多くの書物は医学に無関係の書物、全集、選集の類、好きな野球関連書、推理小説の類、好きな作家の文庫本などである。ハタと膝を叩くような書物、琴線に触れるような本は捨てるに忍びない。結局残っているのは、かつて所有した本の三分の一ぐらいか。

家人は最近の断捨離ブームに乗っかり「捨てよ‼　捨てよ‼」の大合唱である。しかし世の中には取っておく方がいいよ、の声がないわけではない。立花隆氏は少数派で私の当てにしている「捨てるな‼」派である。私の死後は廃棄の専門業者に頼んで処分してもらえばそれで充分と家人に言っている。

否応なしに書物を選択するのは、これからの人生を考える上では役立つ。それは今の自分が何を目指しているか、これからの不定の人生の持ち時間をいかに使うかを厳しく問われる選択であるためである。

それにつけても、若いときは意にも留めず好きな作家の全集なども一、二買ってしまったが、年を取ると寝転がっての読書が増える。私は特にこの姿勢が好きで思うのだが、本のサイズは文庫本のような大きさと重さで、片手でも持てる軽い小ぶりのものがよい。ただ視力や白内障には個人差があるので一般論ではないが、文庫本を発明したレクラム文庫の先見の明に、私は大いに感謝している。最近の全集はこれに気付いたか小型化、軽量化されているようだ。これだけ寿命が延び、日本人口が高齢化している条件では、この書籍の小型化傾向は正解である。

スペースの確保と高齢化、外出時や旅行時の持ち運びに至便なので、一時電子書籍を好んで用いた時期がある。特に冬の寒い時期に急に古典を瞥見するときなど、ベッドで布団にくるまりながらその本を閲覧するときなどは、電子書籍の独擅場である。それこそ分・秒単位で、望む古典が手に入る。

しかし、紙の本（この表現がすでに電子書籍の出現後の言葉であるが）で育った世代の人間には、やはりこの形の本が便利である。どこまで読み進んだか、残りどのくらいかを、今読んでいる頁、箇所から直感的、感覚的に知りうるからである。最近蔵書の電子書籍化は諦めて、紙の本に逆戻りしている。何事も、評価するには時間の篩《ふるい》が必要であるようだ。

コラム⑩

レクラム文庫と岩波文庫

岩波文庫の奥付の裏には、岩波茂雄が「読書子に寄す――岩波文庫発刊に際して」の社告が載せられている。その中で岩波書店の創業者岩波茂雄は、「吾人は範をかのレクラム文庫にとり、……昭和二年七月」とレクラム文庫の先進性と独創性に敬意を表し、それに倣ったことを一文に草してすべての岩波文庫本に漏れなく印刷している。レクラム文庫は一八六七年に初版が発行されているが、岩波文庫は昭和二年七月十日付で漱石の『こころ』ほか二十二点の刊行が開始されているので、六十年後のことになる。日本の文庫本ブームは、ずっと遅れて二十世紀になってからである。

九州の藩校と漱石の英語教育観

わが国の停滞が論じられて久しい。立て直しには先人の卓見に学ぶにしくはない。明治維新の成功には、政府が教育に力を入れ「村に不学の戸なく、家に不学の者なからしめんことを……」と、国民の教育に金も人も惜しみなく注入して力を入れたことがある。が、さらにその基礎には、江戸期各藩の藩校の充実があった。このたび田村真悟先生（松山東高物理学教諭）に松山東高等学校内の明教館を案内していただいた機会に、私が二十二年間を過ごした九州、特に福岡、佐賀の藩校とそれに絡まる英語教育について、松山中学校ゆかりの漱石先生に即して論じてみたい。

漱石は周知のように嘱託教員として松山中学に一年（一八九五〜九六）在籍し、のち熊本の第五高等学校の英語教授（一八九六〜一九〇〇）に転じている。この稿の主題は、当時弱冠三十歳の漱石教授が「生徒ノ英語ニオケル成績好カラサルニヨリ、学術研究ノ為福岡佐賀両県下へ出張ヲ命ズ」の五高からの辞令を受け「福岡佐賀二県尋常中学参観報告書」を記した事実に由来する。

福岡県は、現在も江戸時代の藩校名を中学校（旧制）名に冠している。修猷館、明善校、伝習館などだが、佐賀県では佐賀中学と変わっている。当然だが各藩校は名称だけでなく、校舎もお城に近接している。以下に、報告書の中で漱石が特に推奨している授業を挙げる。

佐賀中学（現在の佐賀西高等学校の前身）では一時間の授業で、①前の授業で習った英文を全生徒に一、二暗誦させたのち、指名された生徒に教壇で他の生徒に向けて同じ文を読ませた（これを会話と称す）、②次に暗誦した文の続きを日本語で示して生徒に英訳させた（作文）、③最後に教師が文法の質問をし、また文法の新しい知識を教えた（文法）。漱石は、教師が正則的（発音も含めて英語を総括的に教える）に指導していたこと、さらには一時間の授業で会話、作文、文法の三科を教えていたことを評価し「此師ノ授業ヲ受ケバ少ナクトモ此諸科ニ対スル知識ハ高等学校（旧制）入学試験ニ応ズルニ充分ナラン」と絶賛している。

一方、修猷館では授業が英語で行われ、生徒が英文の一節を和訳するとき以外は一切日本語を用いなかった。漱石は「西洋人ヲ使用セザル学校ニオイテ斯クノゴトク正則的ニ授業スルハ稀に見ルトコロニシテ従ツテ其ノ功績モ此方面ニ向カツテハ頗ル顕著ナルベキヲ信ズ」と激賞している。

漱石は教師についても記載しているが、これら二校の教師は日本人ながら慶應大学や同志社大学を卒業後、留学を経験し、または在日外国人に直接学んでいることに注目している。また大学出の学士か高等師範（現教育大学）の卒業生を中学教師に向けることを提唱している。ただ「学士にして中等教員たるものは学あれども教授法に稽《なら》はず高等師範学校卒業生は授業法に精しけれども学識に乏し」と、両者の長所・短所をズバリ指摘して一層の向上を求めている。

要するに漱石は、英語の正則教育を理想としていたのであろう。面白いのは、漱石が佐賀中学校校長に乞われて、「英語に関して一場の談話をなせり」の記載がある。また「諸君は一字一字をゆるがせにせず、読みやすき本を熟読して、単語、熟語、発音、揚音、綴字、等を知る一挙両得の法を用い、難本を見るを措かさるへからず」と述べている。

さて、私が実際に出会った最高の英語教師は大阪大学の教養部で教わった故柴田徹士先生である。先生の英語教育は、発音重視も含めて漱石の教育観と極めて似通っている。一回の授業でテキストの数行しか進まない。しかし英語をどう理解すればよいか、日英言語の世界をくくる見方の基本的な相違点を一語一語徹底的にたたき込まれた。柴田英語を知りたい方は、参考文献を見ていただきたい。

最後に、蛇足ながら私の主観を述べる。英語は現代の国際語であり、話せることはもちろん大切だが、内容が最も重要で、聞くだけで英語が話せる」の類の広告はナンセンスである。内容がオリジナルで話者の哲学が入った、欲を言えばウィットに富むスピーチであれば、漱石先生ならずとも聞き手は拍手をくれることであろう。英語教師を校長先生に頂く母校卒業生に期待するところは甚だ大である。

本項執筆にあたり、以下の文献を参照した。

1. 川島幸希：英語教師　夏目漱石。新潮社、二〇〇〇年
2. 柴田徹士：ニューアンカー英和辞典。学習研究社、一九九三年
3. 柴田徹士、藤井治彦：英語再入門。南雲堂、一九八五年

コラム⑪

阪大の教授連

大学の教養部ではさすがに専門を持った教授たちの優れた教えを受けた。中でも英語の柴田徹士先生、吉田安雄先生には強い影響を受けた。

柴田先生には、英語で見る世界と日本語世界の見方の相違について一言一句徹底的に教えられた。先生は、数年後ご自身で編纂した英和辞書『アンカー』前書きで「……引く人のあらゆる疑問を氷解させ、引く人に絶えず喜びを与えるような辞典」を目指して編纂した、と述べておられる。この辞書は今も私の愛用辞書である。

吉田先生にはシェークスピアの戯曲の素晴らしさ、人間世界を観る奥深さを語っていただいた。また、ドイツ語の片山良展先生はドイツリード（ドイツの歌曲）を歌って教えてくださった。

これらの授業は、のちに医師になってから、私の精神や血肉構成の基礎になった。私もこのような授業を心がけて医学部教授時代を過ごしたが、とても及ばなかった。

ジョン・レノンとベートーヴェン

現代の不幸は、片方で絶対必要と考える人がいる一方で、なんと窮屈、理不尽な、と思われる二つの社会制度が併存していることであろう。それは国家と宗教である。

国家は人類の祖先がアフリカを出て以来世界各地に散らばり五〜二十万年を経てたどり着いた、これこそと思って作り上げた制度である。今では主流は民族国家であり、民族を国家の基本単位とする制度である。これは政治の一過程としてやむを得ないとはいえ、この原理原則に固執している限り紛争は絶えることがない。この一過程として、近くはイスラム国やロヒンギャ、少し以前のコソボ紛争時のユーゴスラヴィアの民族浄化などを挙げることができる。民族国家を想定はできても実際に民族が純粋に単一ではあり得ないことは、少し考えてみれば自明である。

一方、宗教はキリスト教、イスラム教、ユダヤ教、ヒンズー教、仏教などが互いに独自性と排他性を意識すればするほど相互に他宗教を攻撃し、一神教では互いに殺戮し合う悪循環から逃れることが難しい。

先日何げなくジョン・レノンの「イマジン」の歌詞を見て驚いた。彼はいとも大胆に、楽々とすべての桎梏《しっこく》を取っ払って歌っている。ネットに出ている日本語翻訳と原文の一部を引用してみる。

Imagine there's no heaven / It's easy if you try/No hell below us/Above us only sky/
Imagine all the people/Living for today…
想像してごらん　天国なんて無いんだと／ほら簡単でしょう？／
地面の下に地獄なんて無いし／僕たちの上には　ただ空があるだけ／
さあ想像してごらん　みんなが／ただ今を生きているって…

Imagine there's no countries/It isn't hard to do/Nothing to kill or die for/
And no religion too/Imagine all the people/Living life in peace…
想像してごらん　国なんて無いんだと／そんなに難しくないでしょう？／殺す理由も死ぬ理

由も無く／そして宗教も無い／さあ想像してごらん　みんなが／ただ平和に生きているって
：

（和訳 Akihiro Oba　http://ai-zen.net/kanrinin/kanrinin5.htm）

類似の思想を二百年以上前の十九世紀に詩作（an die Freude, Friedrich von Schiller, 1803）し、それを壮大な交響曲第九に作曲した人たちがいる。そう、シラーとベートーヴェンである。年末には毎年この力強い合唱曲が聞こえてくる。

ジョン・レノンの詩が交響曲第九を思い出させるのは、「ヒトはみな兄弟」の思想が二百年前にシラーによって提出されているからであろうし、事実、最近の科学が教えるところではアフリカから出発した地球上の人類は皆同胞なのである。しかしシラーの詩全体は、まだ宗教の桎梏から抜けきってはいないように聞こえる。この点で二百年後のレノンの詩は、さらに自由でかつ大胆である。ここまで行けるかどうかは予想できないが、今の社会の仕組みそのままでは難しい。私どもはさらに新しい政治思想や体系を生み出さなければならない。そうできなければ、人類の未来は開けないであろう。

鈍感力

渡辺淳一氏は医師にして作家である。久留米大にいるころ、隣の内科に講演で来られた。その会に潜り込んで聞き込んだ中で、今も覚えている言葉がある。それは先生の駆け出し作家時代、師の有馬頼義《よりちか》氏のお宅にお弟子さん方が集まり、食事をいただきながら思い思いに文学の話をする一種のサロンがあったようだ。

人の集まりはどこでも自然にこうなるが、将来有望な弟子は師に近く、ほぼ入門順に居並び、新入りは末席に連なる。渡辺氏は若く、末席に近いところだったようだ。ところが将来輝くべきはずの師に近いところに座っていた先輩作家が、どうも年を経るにつれて輝きに陰りが出てくる。キラキラした才能が徐々に光彩を失うと言うのである。

氏の観察によると、素晴らしい才能を持つ新進作家の作品が、サロンの多くの批判にさらされているうちに平凡な作品しか書けなくなってしまう。どうも若き秀俊は、サロンの歯に衣着せぬ批評を真正面から正直に受け止めているうちに、本来の鋭い才能・感受性を次第に摩耗させてしまうのではあるまいか。

そう思ってみると、末席に近い位置にいた凡才がいつのまにか生き残って上席に近づいていることに気付いたという。批判されても余裕なのか感受性が鈍いのか、全部受け止めようとしない方がよい。少し鈍感なくらいがちょうどよいのではないか。氏はこれに「鈍感力」と名付け、人間が成長する上に大切な資質であると位置付けている、これが要旨である。

これは、私などがそのときまで一度も真剣に考えたことのなかった人間の大切な資質である。氏の小説は、これまで取り上げられなかった人物の、意外な一面や出来事を取り上げて、そこからその人物の成長する物語が展開する。

私の師匠のお一人は垂井清一郎先生であるが、先生も私が入局した新人のころ、当時の主任教授の回診で叱られても「あまり気にしないことや」と、折に触れて助言してくださった。今にして思えば、同質の助言であったのであろう。

年を取っていつしか私も後進を指導する立場に立った。最も必要なことだけ短く明瞭に伝え、余計な助言はしない方がよい。「人は役者、世界は舞台であって、出もあり引っ込みもある」（シェークスピア『お気に召すまま』）。せいぜい舞台を楽しみたい。

十年樹木、百年樹人——父の足跡から教育を考える

およそ十年前の二〇〇〇年、久留米大学の内科教室を定年退職後、かつて教室に留学した上海医科大学のＬ教授が、上海に招待してくれたことがある。

五日間のあわただしい旅であったが、今も鮮明に記憶に残っている。上海医科大学で、当時私が興味を持っていたソフトドリンク・ケトーシスの講演を無事終え、「どこか行きたいところがありますか」と聞いてくれた。そこで、上海は初めての私は、第二次大戦の末期に亡父が勤務したと聞いていた上海中学を訪問先に希望したのであった。

父は旧制中学の教師であったが日中戦争のさなかに単身中国へ渡り、漢口と上海で教師を務めた。当時小学生であった私の記憶では、一九四四年（昭和十九年）わが国の敗勢が誰の目にも明らかになったころ、父は上海在留邦人子女の引率者として、上海から海路山口県仙崎（現長門市）まで帰国した。少し遅れれば、たぶん想像を絶する苦難の人生を余儀なくされたと思

われ、大変な僥倖と言うべきであろう。

L教授は手際よく交渉してくれ、上海中学の了解を得て半日の訪問となった。私は漠然と、日本の旧制中学のような学校を想像していたのだが、これは大きな誤りであった。上海中学は守衛付きの大きな正門とわが国の大学級の広大なキャンパスを持ち、全面的なエリート教育を行う、想像を遥かに超える学校であった。教師の案内で車からキャンパスを見せてもらったが、それは、わが国でも最近増えてきた中高一貫、全寮制の学校であった。寄宿舎は二人一組で一室を与えられ、カリキュラムに沿った教育が整然と行われていた。

校内はちり一つない環境であり、折からグラウンドではサッカーをやっていた。教育内容はわが国のものと外見上大差はないと見受けられたが、そのスケールから、上海市の意気込みは十分窺えた。

外来者の私にも、わが国の中学・高校にはない明らかな特徴もいくつか見受けられた。

第一は、中学にもかかわらず立派な資料館（歴史館？）が整備され、上海中学の中国社会への貢献が展示されていた。記憶に残ったのは、日本でも周知の政治家、例えば江沢民、李鵬といった人たちの揮毫が多数見られたことである。私には、特に李鵬元首相直筆の墨痕淋漓《ぼっこんりんり》の書が印象に残った。それは『管子』の「権修」にある名句で、この訪問の五年前に教室の同門会誌（Advance 1995）に私が偶然引用したものであった。全文は次の通り。

一年之計、莫如樹穀（一年の計は穀を樹《う》うるに如《し》くはなし）
十年之計、莫如樹木（十年の計は木を樹うるに如くはなし）
終身之計、莫如樹人（終身の計は人を樹うるに如くはなし）

第二は国際部が整備され、本邦大阪からの生徒を含む世界各国からの留学生が切磋琢磨している風景であった。第三は、キャンパス内に数軒しもたや風の家屋が点在し、老夫婦が生活していた。説明では、意外にも定年退職後の老教師の家庭らしい。第四は日中戦争中の日本陸軍司令部が作ったと言われるレンガ造りの建築物が学校の一部として訪問当時も使われていた、ことなどである。

さて、本稿は前述「権修」の言葉から教育について語ろうとしている。二〇一一年現在のわが国は人によっては第二の敗戦とも称して、多くの困難な状況に置かれている。これを克服するにはいかにあるべきか。私の回答は、教育の再建こそ第一であるべきであるとの考えである。英国のブレア元首相やわが国の藤原正彦教授（現お茶の水女子大名誉教授）と同意見である。

父は一九八八年に八十五歳で没した。聞いたことはないが、なぜ戦前の中国へ渡ったのであろうか。学生時代の師匠、内藤湖南や小川琢治に触発されたのであろうか。父と私の共通点は旧制中学と大学の違いこそあれ教師である。ここで言う教育は、百年、千年のスパンでの教育である。日ごろ思うところを、この機会に書いてみたい。

私自身が受けた教育を回顧して、また今は失ってしまった教育制度で想うのは、教育コースの多様化であり、教師の多様化、生徒学生の多様化である。私の経験では、例えば大学時代の恩師、万葉集の犬養　孝先生や英語辞書アンカーの柴田徹士先生は旧制中学の教師であったし、のちには大学の教授でもあった。教師と生徒はできるだけヘテロである方がよい。また教育は人生の初期だけでなく、終生必用な社会の仕組みである。

上海中学に即して言えば、私が最も強い印象を受けたのは、退職教師が定年後も生徒と一緒のキャンパスに住み、生活する学校である。この狙いは何か。一身を捧げて、その生活を公開してまで生涯若者を教育するのであろうか。究極の「百年樹人」であろうか。

最近わが国と中国の間には、種々問題が報じられている。しかし何千年に及ぶ両国の歴史上、地政学上の関係は到底単純な思考で割り切れるものではない。相互に謙虚になる必要があるのは、ＮＨＫ「坂の上の雲」で日清戦争に従軍する子規の母が「支那は夢のようなお国で誰も敵じゃとは思わなかった」と嘆く場面にも表れている。

この訪問で、日本にも姉妹校が欲しいとの先方の希望を、私は直前まで勤務していた久留米大学付設高校のＨ校長にお伝えした。幸いその後、両校間の相互訪問が実現し、友好関係が継続されていると聞くのは私にとって大きな喜びである。*

*この相互訪問は二〇一六年現在、使命を果たして終焉を迎えたと聞いている。

コラム⑫

教師と学生のマッチング

私に大きな影響を与えた先生方を改めて考えてみると、皆個性的な方々である。

しかも青年期に戦前の旧制中学や旧制高校で教鞭をとられ、のち大学の教師になった経歴の持ち主が多い。教師と生徒あるいは学生の間にもマッチングがあるように思う。「馬が合う」と言うべきか。かっちりと抗原と抗体の反応のような貴重な出会いがあるような気がする。お互いに意志がよく通じることをうれしく思っているのである。ひとの出会いはヘテロ同士がよいのではないか、と思っている。

私の教育論

学制改革への提言

私は日本を本当に活力のある国に改革するには、全国民がもっと教育に注力すべきだと考えている。そのためには現状を大きく変える教育システムを確立する必要がある。現行のように主に教育学部の卒業生のみが小学生・中学生の義務教育に当たるのではなく、広く全分野の学生、院生も人生の一定期間を義務教育に捧げ、教師としての経験を積むのである。

たとえは適切ではないが、太平洋戦争前の徴兵義務にある意味で似ている。森嶋《もりしま》通《みち》夫《お》氏は、「英国のオックスブリッジ卒業生のイメージは中学の教師である」と述べている（『イギリスと日本』岩波新書、一九七七年、九〇頁）。両大学の卒業生は中学校の教師になる率が高いと言う。

上記の提案は、教師は今の若者の実態を知り、若者はその青年期に人生のモデル（教師）に接触することによって、将来の職業選択に資することができる。世代間の交流の幅と密度を現行より格段に拡大することによって世代間の知的・技能的接触と人間的・体験的交流を可能にする。この考えをある先輩に話したところ、一蹴されてしまった。教員組合が黙っていまいと言うのである。ああ、何たる低次元の話か、と私はいたく失望した。私は一国の興亡に関する提案を話したつもりなのに日教組と世間の確執の次元の話に貶められてしまった。前途は遼遠である。

人間国宝級の技能職人も教師に

西岡常一《にしおかつねかず》（一九〇八～一九九五）氏は宮大工（法隆寺棟梁）の家に生まれ、法隆寺大修理や薬師寺西塔の昭和期新規建立を行った人である。災害で消滅した西塔の基壇は現存東塔基壇より約三十センチ高く造成され、西塔はその上に再建された。西岡棟梁は、時が経つにつれ塔は自重で徐々に沈み込み、ほぼ五百年のちには東西両塔が同じ高さになるように、この差を考えたと言う。

西岡棟梁は、青年期に祖父君の勧めで工業学校ではなく、農業学校へ進学したと言われている。土壌を知り、檜など樹木の生育を勉強し、木の性質を知ることがヒノキ材を生かした寺社建築に必須の知識・技能であるとの祖父君の考えに基づくようだ。まことに五百年先、千年先を見つめて今を修行する素晴らしい教育である。

教育には、このような長いスパンに基づいて計画し実行する視点が何より望ましい。

日本人・人類が生き延びるための英知を産む教育こそ必要

教育はいま日本に住み、生きる若者の幸せを考えるだけでなく、十年先、百年先、千年先の子孫日本人がどういう社会に生きることになるかをも予想して行うべき活動である。そのためには今の学問分野がカヴァーする範囲だけでなく、今は萌芽に過ぎない分野を、将来をできるだけ正確に予想して人材、資源、資金を投入する必要がある。卑近な例を挙げれば、近年の気象の予報の問題もその一つである。いまの予報をさらに精密に、日本のどの地域にどの程度の雨量がありそこではどの程度の被害が予想されるかをもっと正確に予報する必要があり、それができれば二〇一八年七月豪雨のように二百名超の被害を出すことはなくなることが期待できる。将来の人間社会を正確に予想・推理する未来学がぜひ必要である。これを考えるにはできるだけ人種、年齢、地域のヴァラエティーを豊かにして未来学を立ち上げる必要があるであろう。いつまでも明治期のように個人の栄達が目標である学問では限界があることは明白である。日本人は地球全体の未来にしっかりと立ち向かう勇気が必要で、そのための資質も幸い持ち合わせていると考えている。

山崎正和先生

山崎正和先生は、わが国のオピニオンリーダーのお一人である。先生は関西大学や大阪大学で演劇学を講じておられた。私は個人的にお会いしたことはないが、新聞や月刊誌の評論・対談などから信頼できるリーダーであると考えている。

私が先生を素晴らしいと思うのは、阪神淡路大震災時のエピソードである。どこで拝見したのか思い出せないのだが、先生は震災時緊急避難をされるとき、学生の答案用紙を抱えて逃げられたという。おそらく学生の答案を見ておられた途中だったのであろう。学生はおそらく全力で書いた渾身の答案であったであろうし、これを見る先生もまた真剣に評価する姿勢で見ておられたに違いない。

とにかくこの話を知って以来、私はこれまで先生の著作に親しんだことは間違いのないことだったと納得した。先生の学生は、このような師を持った自らの幸運を天に謝すべきであろう。

漱石は松山中学で一年を過ごしてのち、熊本の五高で英語を教えた。旧五高の構内（現熊本大学）には、漱石の座像とともに「夫レ教育ハ建国ノ基礎ニシテ師弟ノ和熟ハ育英ノ大本タリ」の言葉が刻まれている。漱石は松山でも熊本でも、生徒には厳しく英語を教えたようである（別稿「九州の藩校と漱石の英語教育観」参照）。師範学校出の先生は教授法に優れるが、学力に乏しい。大学出は学力はあるが教授法に乏しい。両者兼ね備えることが理想であると述べている。

山崎先生の『人は役者、世界は舞台――私の名作劇場』（集英社、一九七九年）は、先生の演劇論がシェークスピアをはじめ世界の名作戯曲を通して開陳されている。私は先生の演劇論は聴講できなかったが、この本は先生の講義を彷彿させる名著である。

二人のユダヤ人学者

どの宗教でも同様であろうが、ユダヤ教徒にも大きく二通りあり、教義を厳格に守る人とそうでもない人がある。一九八二年のある日、ユダヤ人のA. M. Cohen教授夫妻が、当時私の所属していた阪大第二内科の垂井清一郎教授を訪問した。私たちはその前ケニアの国際学会（IDF）やイスラエルでのサテライトシンポジウムで知り合いになっていた。Cohen夫妻によって私は典型的なユダヤ教徒が如何なる人々かを知ることができた。たまたま私は阪大助教授時代日本の大阪に滞在中の夫妻を接待して一日を過ごすことになった。

しかし問題は、当日が土曜日であったことに由来する。教義に厳格なユダヤ人にとっては土曜日は安息日であって、仕事はできないし、遊びに行くことも禁止である。そこで思案の挙句、拙宅へ招待することになった。ただ食べ物にはコーシャがあって、日本の普通の料理を何でも供するわけにはいかない。家内と相談の結果、エビ、カニなどは使用しないでバラ寿司を作って夕食に供したことを覚えている。教授は、いちいちコーシャを説明するのは厄介なので、自分はヴェジタリアンだと称することにしていると言われた。なるほど。

さて、その夜のCohen教授である。当時のわが家は長男が小四、長女が幼稚園年少組くらいであったか。教授が英語で話すのを私が子供に通訳するのだが、驚いたのは、教授の巧みな話術である。毎年「年越しの祭り」で家長は民族の受難の歴史を繰り返し語っているのであろうか。イスラエルはちょうどわが国の四国程度の大きさで、幅は六〇キロメートルくらい位の細長い形をしている。農業技術の研究・開発が活発で、もし貿易が自由化されれば、どこのオレンジが日本に入ると思うか？　キャルフォニア？　ではない、イスラエルである‼

灌漑技術も極めて発達しており、地表からある深さで配管灌漑し、コンピューターで定時的に給水することによって地表からの水の蒸発量を最小にしている。またオレンジの高さは採果のとき、人が立って採果できる高さで統一されている。果樹そのものは紙のパルプに利用され、捨てる部分は全くない。

「日本ではなぜ日曜日が休日なのか？」と問われて、考えたこともなかった質問に絶句していると、旧約聖書の「創世記」の件を諄々と説いてくれた。神様（ヤハウエ）は六日間で今の世界を造り、七日目は休息なさった。それが土曜日が休日の理由だと言う。すべて旧約聖書（ちなみにユダヤ人の聖書は旧約のみを意味する）が絶対規範なのである。Cohen教授はこのように、厳格にユダヤ教を守っておられる。

一方、私の留学したSinai Hospitalは名が示すようにユダヤ人が作った病院であるが、私のボスのP. P. Foa教授とは、ユダヤ教の話をした記憶がないし、コーシャの話も聞いたことはない。最近読んだリチャード・ドーキンス著『神は妄想である――宗教との決別』（早川書房、二〇〇七年）によれば、アメリカ人の科学者でも、「科学の真理と矛盾しない範囲で聖書を信ずる」人が大多数であるそうである。その意味ではFoa教授は科学者であってごく平均的なユダヤ教徒であり、Cohen教授の方が少数の厳格派である。

Cohen教授は基礎医学者で、実験動物の“Cohen diabetic rat”を作り出した。このratは、非肥満の糖尿病を持つ動物で脂血異常がない。一方、Foa教授は親子二代の生理学教授で、イヌでcross circulationの手法を編み出し、膵臓から高血糖ではインスリンが、低血糖ではグルカゴンが分泌されることを実証した。ラジオインムノアッセーでホルモンを測定する前の時代ではこのようにバイオアッセイ法でホルモンを測定した。私が留学した一九六七年には、膵臓のランゲルハンス島を分離し、そこからのグルカゴン分泌をimmunoassayで証明することが実験目的であり、私の仕事であった。

Foa教授から、私は、研究費を獲得するための申請書の書き方を教えられた。申請書類には申請者の夢（目的）が充分に記述されていなければならない、それがFoa教授の教えであった。当時、私はラット膵臓から分離したランゲルハンス島からのグルカゴン分泌をimmunoassayで測定していたが、どうもうまく測れないで苦労していた。ひょっとすると膵島の分離法に問題があるのか、「それでは、原著者のP. E. Lacy（セントルイス・ワシントン大学病理学教授）氏に直接聞いてみたら」とSt.Louis行きを勧めてくれた。

そこで急遽愛車を駆ってLacy教授のラボに赴き、手ほどきを受けた。結局、手技にこれという誤りはなく、慣れるにつれて安定した成績が出るようになり、最初の論文に結実し、師のイヌでのin vivoのグルカゴン分泌の成績をラットin vitroの分離膵島でも追認することができた(Nonaka K, Foà PP : A simplified glucagon immunoassay and its use in a study of incubated pancreatic islets. Proc Soc Exp Biol Med 130 : 330-336, 1969)。

ユダヤ人と避難

一九六七年七月二十三〜二十七日、デトロイトで暴動が起こった。その前六月に私たち家族は妻と長男を連れて、Sinai Hospital of Detroit, Research Branchに留学した矢先であった。私たち家族のアパートは白人と黒人が入り混じって居住する地区にあったので、目の前の道路をいつでも射撃できるよう四方八方に銃を構えた米軍兵士五、六人がジープに乗って四六時中パトロールしていた。

当時、日本でこのような風景に接することはなく、米国社会にいる事実をいやが上にも実感せざるを得なかった。ちょうど前任のS博士から研究上の仕事を引き継ぐべく、私とS博士がオーバーラップする時期であった。留学したSinai Hospital of Detroitは、名から明らかなようにユダヤ人の病院である。私たちの上司はFoa博士で、当時病院の研究所長兼Wayne State University の生理学教授である。

私どもの借りているアパートは暴動に巻き込まれる可能性のある地区にあった。事態を憂慮したFoa教授は、S博士と私の二家族計六人をすべて教授の家庭に一時避難するよう指示された。これは大変なことになったものだと思ったが、否も応もなかった。私たちは借りてきた猫よろしく、身を縮めて数日を過ごしたが、細かいことは覚えていない。ただ、私どもが「Foa家のサンドウィッチ」と呼んだ簡易食はレタスとハム、マヨネーズを2枚の食パンに挟んだだけのもので、帰国後も時々好んで朝食に供している。

当時、円はドルに対して極めて弱く、一ドル＝三六〇円だったと思う。入国時の持込許可通貨も私が二〇〇ドル、家内と息子が一人当たり六〇〇ドルであった。幸い病院には従業員組合があり、ここで借金してクルマを購入することができた。暴動の際、日本ではデトロイトの半分近くが破壊されたとの記事が週刊誌に出たらしく、「そんなことはない、無事ですよ」と初めて日本の親に電話したが、これが米国から日本に電話した最初だったと記憶する。今昔の感に堪えない話である。ただ食料品店が次々に襲われ、略奪されたのは事実である。

これは、今振り返って思うのだが、ユダヤ民族の歴史上には、このような非常事態は少なからずあったのではなかろうか。彼らの血には、非常事態への対処法は脈々と流れており、今度の暴動も事情は異なるがその一つであるように想う。

ユダヤ民族はよく言われるように、いわゆるＷＡＳＰ（White Anglo Saxon Protestantアングロサクソン系白人でかつプロテスタント教徒であるアメリカ人、米国社会の最上級層と云われる）から見れば、マイノリティーであり、しばしば差別の対象になってきた。留学先のデトロイト市は周知のように米国自動車産業の中心地である。ダウンタウンには、当時は有名なＧＭ（ゼネラルモーターズ）の巨大三連ビルがあり（今は再開発でなくなったようだが）、クライスラーも、隣接する郊外にはフォードも巨大な工場や組み立てラインを持っていた。

私の所属研究室のすぐ階上の二階には、典型的なユダヤ名の博士もラボを持っていた。これらの博士から問わず語りに聞き及んだ苦労話では、就職試験では一次の学科試験は突破できても、二次の面接の段階になると決まって落とされたそうである。ユダヤ人は幼少のころから教育には力を入れてきたし、また個人も猛烈に努力したようだ。あるレヴェルまでの学力はあっても、結局最終段階でふるい落とされる。勢い彼らは、医師、弁護士、映画産業、金融業、最近ではＩＴ産業など能力があれば就職可能な仕事に就いたようである。ただ、彼らの中にあってそれほど能力に恵まれない人たちは苦労したに違いない。私の働くラボにやってくる学生もユダヤ人であり、今にして思えば、もっと彼らの考えや生活、処世観、宗教観をよく聞いておくのだったと、残念に思う。

風土と宗教

多くの大学入学試験では、医学は理系に分類されている。しかし私自身は医学は理系でも文系でもなくもう少し広範囲・総合的な学問ではないか、とつねづね思っている。ファウスト博士は「はてさて、己は哲学も法学も医学も／あらずもがなの神学も／熱心に勉強して底の底まで研究した」と述懐している（『ファウスト』ゲーテ著、森鷗外訳より）。医学はこの中では哲学、法学、神学に並ぶ学問の大きな分野と捉えられているのだ。最近ではようやく宗教が理系でも必要と認識されているようで、阪大では大学院のカリキュラムに宗教が取り入れられている（二〇一二年三月十二日、朝日新聞夕刊）。

久大の教授時代は内分泌代謝領域の講義に集中し、宗教の講義が必要とは考えなかったが、最近はそれではいけないと思い直し、補講の意味もあって教室の同門会で一度だけ宗教の講演をさせてもらった。私なりに数十冊の関係文献を渉猟し、勉強したことを次に記したい。

現在世界で最も信者の多いのはキリスト教で三三％、次いでイスラム教二二・五％、ヒンズー教一三・六％、仏教六・七％、中国民間宗教六・六％、ずっと下がってユダヤ教〇・二％、その他六・五％となっている（池上彰、二〇一一）。このうちキリスト教、イスラム教、ユダヤ教が一神教であり、その聖地はイスラエルに集中している。歴史的にはユダヤ教が最も古く、そこからキリスト教、イスラム教が分かれていく。エルサレムへ行くと、これら三宗教の聖地は非常に狭い範囲に集中していることに驚く。これはユダヤ教、キリスト教、イスラム教の順序でこの地に宗教が発展してきた事実を示しているように思われる。

私の観察では、何と言ってもこの地の気象が厳しい。少し乱暴に言えば、岩山と砂漠に少し植物があるだけである。水は極めて乏しく、貴重資源である。昼間は四〇度前後、夜はときにはマイナス何十度に下がると言う。用心しなければ生命を保つことが難しい。ほとんどが山と砂漠で、緑があるのは水を贖える財力のある人の土地だけ。

このような風土で民族（部族）が生き延びるためには、強力なリーダーのもとに厳格な規律に従って生きてゆくしかない。それがおそらく一番効率の良い、と言うよりもおそらく唯一の民族の生存法であったに違いない。そこで他の宗教、例えば仏教などと違い、生活律の要素が非常に強い。食べ物の規制、規律などは今日の栄養学や細菌学的な知見を取り入れたような生活律が生まれたのではないか。この点がユダヤ教、キリスト教、イスラームに共通する教義のように思われる。

宗教並びに死生観に関する一考察

墓、遺骨への考え方の変遷

飛行機で大阪へ帰ってくるとき、大方の航路は仁徳《にんとく》陵の上空を、眼下に陵墓を見ながら伊丹空港に向かう。私はこの巨大なランドマークを見て「ああ大阪に帰ってきたな」と思うのだが、この御陵は一周約三キロの巨大な墳墓である（写真）。周回路を歩いても大きさを体感できる。埋葬されているのは仁徳天皇と言われているが、確定されていないので、別名大仙古墳とも呼ばれている。

いずれにせよ、これが古代最高権力者の死者を丁重に埋葬した墳墓であることは疑いない。五世紀に構築したと言われているが、今のような機械力のない古代にこれを造営するにはどのくらいの政治力、経費、労働力と年月を要したのであろうか。

最近はわが国の年間死亡数が一三〇万件（二〇一六年）もあり、少子化もあって墓の概念が

仁徳天皇御陵空中写真（堺市博物館提供）

急激に大きく変わっていく、変わらざるを得ないようである。そもそも墓は必要か、墓守はいるか、否ならば散骨ではどうか、それも海に撒く、宇宙に撒くなど。あるいは樹木葬もある。宗派はどちらか、菩提寺は、戒名は、といろいろ問題がある。

死生観、人生観、世界観、宇宙観

このように宗教観は死生観、人生観ひいては世界観、宇宙観とも密接に関連しており、分けて考えることはできない。わが国では、伝統的に医学は理科系の学部とみなされてきたが、実は医学はもっと広い総合的な学問である。ファウスト（ゲーテ作『ファウスト』第一部　森林太郎訳、岩波文庫、一九二八年、二三三頁）では「はてさて、己は／哲学も法学も医学も／あらずもがなの神学も／熱心に勉強して、底の底まで研究した」と書かれており、医学は現今よりはもっと幅広い学問として捉えられている。

最近は大学院も文理統合型の、従来の枠組みを統合した大学院を作ろうとする動きがあるようだ（京大、阪大、慶大。二〇一二年三月十二日、朝日新聞夕刊）。その中では理系の学生にも哲学や宗教を教え、学び、もう始まっている高齢化社会に対処できる人材養成を目指している。

宗教学者山折哲雄氏の『死の民俗学——日本人の死生観と葬送儀礼』（岩波現代文庫、二〇〇二年）によると、インドの遺体処理は河畔での火による焼却であることは、わが国の火葬と似ているが、ヒンズー教徒は骨灰は川に流すとされ、魂は昇天するので、骨の神聖性は意識されていない。アメリカではエンバーミング（屍体の防腐処理：死化粧）された遺体は納棺・埋葬され、腐敗の過程を経て白骨化する。世界的には埋葬が多い。

わが国の火葬も歴史上は比較的新しく、以前はすべて土葬であった。わが国ではその後火葬が一般化し、二十世紀末にはほぼ百％になり現在に至っている。ただ、日本では「壺に死者の骨灰をうやうやしく保存するのが特徴である」と山折氏は説く。確かに、太平洋戦争中に戦死した兵士の、例えば遠く離れたニューギニア島での遺骨収集は、わが民族の骨への尊崇の念を端的に表すものであろう。このように、葬儀の風習も時代とともに変化していくようだ。

現代の生命観

一九六〇年ころから生物学はＤＮＡの時代に急速に突入する。リチャード・ドーキンスは『利己的な遺伝子』（日高敏隆ら訳、紀伊国屋書店、一九九一年）を表し、個々の生物はＤＮＡの乗り物にすぎないと喝破した。生物の個体そのものは一代限りの乗り物であり、生命の本質はＤＮＡであると述べた。Ｈ・Ｆ・ジャドソンは『分子生物学の夜明け――生命の秘密に挑んだ人たち』（野田春彦訳、東京化学同人、一九八二年）の中で、近代のＤＮＡ生物学の誕生を詳述している。

わが国の宗教

わが国ではアニミズムから生じた神道が、もともと固有の宗教であったと考えられる。天皇家は神道の中心であった。そこへ欽明《きんめい》天皇（第二十九代天皇とされる。生年不詳、五七一年没）の五三八年に仏教が正式に伝来（仏教公伝）したとする説が有力である。わが国の仏教の特徴は、支配層にまず取り入れられ、そこから民衆に次第に伝播していったことであろう。

わが国の仏教は、釈迦（ＢＣ四六三頃～三八三、四月八日生まれとされる）によって成立した教えが中国、朝鮮半島を経て日本に入ったいわゆる北傳仏教である。仏教が一神教のユダヤ教、キリスト教、イスラムと異なるのは、世界の創造神話がなく、世界の始まり、宇宙の終わりなどの問題は基本的に語らない。仏教では時間は円環的であり、したがって輪廻転生であり、解脱しない限り永久に回り続ける。

したがって、解脱して永遠涅槃に入ることが終局的な幸せと考える。後述するキリスト教の時間では、生まれて死ぬまで直線的であり、最後の審判によって地獄に落ちるか、再生・復活して永遠の生命を得るかが決まる。

キリスト教の伝来はずっと遅れて、フランシスコ・ザビエルによる布教（一五四九年）に始まる。日本のキリスト教は、九州から始まった。しかし教徒数は現在少数派（一％）にとどまっている。

現在の宇宙観

さて宗教を考える場合、この世の創世の問題は置くとして、現代の宇宙観を抜きにして考えることは難しい。村山斉氏（『宇宙は何でできているのか』幻冬舎新書、二〇一〇年）によれば、宇宙のサイズは10^{+27}メートルであり、逆に極微の素粒子のサイズは10^{-35}メートルで、この範囲に宇宙に存在するものはすべて含まれると言う。宇宙の周辺部は広大にすぎ、光の速度では遅すぎて現在の姿は見えず、光が到達するのに要した時間（光年）の過去の姿を見るしか方法がないと言う。

それにつけても思い出すのは、アポロ11号が月に人を送り込んだ一九六九年、私はちょうどデトロイトに留学中であったが、研究室の掃除のおばさんが「あれは嘘だ」と真顔で否定したのには驚いた。米国が人種のるつぼの国であり、市民の考えに非常に大きな、埋め難い幅があることを実感した。

キリスト教と科学

ところでキリスト教徒の多い米国では、科学者のキリスト教徒は宗教と科学の関係をいかに捉えているのであろうか。多くのキリスト教徒（多数派）は、科学と矛盾しない限りで宗教を信じている、と言う（『ふしぎなキリスト教』橋爪大三郎、大澤真幸著、講談社現代新書、二〇一一年、一二三頁）。

さらに私の知る限り、この問題に真正面から取り組み、キリスト教を一刀両断にしたのは前出のイギリスの生物科学者にして優れた著術家かつ啓蒙家のリチャード・ドーキンスである。彼は『神は妄想である――宗教との決別』（垂水雄二訳、早川書房、二〇〇七年）を著し、神などいないと論断してこの問題にケリをつけたのであった。妄想（delusion）とは「矛盾する強力な証拠があるにもかかわらず誤った信念をずっともちつづけること」と定義し、「ある一人の人間が妄想にとりつかれているとき、それは精神異常と呼ばれる。多くの人間が妄想に取りつかれているとき、それは宗教と呼ばれる（When one person suffers from a delusion it is called insanity. When many people suffer from a delusion it is called religion.）」とのロバート・M・パーシグの言葉に強く共鳴している。

例えばビートルズのジョン・レノンは、有名なイマジンの中で「天国も、地獄も、宗教も、国家もない世界」を歌い、「人類はみな同胞」と呼びかけている。宗教がこの世を息苦しいものにしているとの感覚は彼には十分自覚されていた、と思われる。

幕藩時代大阪の巨人：富永仲基、山片蟠桃

さらには乃木希典、鷗外、漱石の宗教観、死生観

富永仲基《なかもと》（一七一五〜一七四六、江戸時代の学者・思想家）は儒教、仏教、神道のすべてを著書『翁の文』、『出定後語』（いずれも日本思想大系〈43〉富永仲基、山片蟠桃に所収。岩波書店、一九七三年）で批判している。が惜しくも三十一歳で夭折した。

山片蟠桃《やまがたばんとう》（一七四八〜一八七一、江戸時代後期の商人・儒者）は「地獄なし　極楽もなし　我もなし　ただ有るものは　人と万物」と詠じ、「神仏　化物もなし　世の中に　奇妙ふしぎのことは猶なし」と詠んで無神論を貫いた。

乃木希典《のぎまれすけ》は仏教もキリスト教の神も来世も信じず、現世に重点を置く。絶対的な天皇への忠誠から、明治天皇に殉死した。

森鷗外は「死ハ一切ヲ打チ切ル重大事件ナリ奈何《いか》ナル官権威力ト雖此ニ反抗スル事ヲ得スト信ス余ハ石見人森林太郎トシテ死セント欲ス宮内省陸軍皆縁故アレドモ生死別ルル瞬間アラユル外形的取扱ヒヲ辞ス森林太郎トシテ死セントス墓ハ森林太郎墓ノ外一字モホル可ラス」森鷗外は「死を恐れもせず、死にあこがれもせずに人生の下り坂を下って行く、石見人森林太郎として死せんと欲す」と述べているが、事実彼の墓には「森林太郎墓」とのみ記されている。

漱石は「死は僕の勝利だ。……なんとなれば、死は僕にとって一番めでたい、生の時に起こった、あらゆる幸福な事件よりも目出たいから」と述べている。

私の宗教観・死生観

終わりに私個人の宗教観、死生観を述べておきたい。私は戒律の緩い（換言すればいい加減な）仏教徒として人生を送ってきた。わが家の菩提寺は松山にあり、そこに父の建てた祖父母、父母、孫の眠る墓があり、今のところ、そこに入れてもらおうかと考えている。葬儀は親族のみで行い、戒名も自分でつけようと思っている。私の一生は、いわば素人として終わったと自覚している。

好きな言葉

・Isidore Archbishop of Seville（五六〇〜六三六）

Learn as if you were to live forever,
Live as if you would die tomorrow.
（永久に生きるが如く絶えず学び、
たとえ明日死すとも悔いなきよう今日を生きよ　野中拙訳）

・松尾芭蕉（一九四四〜一六九四）
今日の発句は明日の辞世

・佐藤一斎（一七七二～一八五九）

少にして学べば、則ち壮にして為すことあり。

壮にして学べば、則ち老いて衰えず。

老いて学べば、則ち死して朽ちず。

これら三先達の言葉は、もちろん全くの同義ではないが、突き詰めれば同じことを語っていると考えられ、凡庸な私としては、一生学ぶにしくはないと想っている。

本稿は、二〇一六年十月、久留米大学医学部同窓会大阪支部会で行った同名の講演をもとに書き下ろしたものである。

4　病院の廊下で

病院の廊下

病院の廊下は千差万別の人たちであふれている。多くは病人であるが、そうでない人も混じっている。患者を介助する人、幼い子供連れの人、視覚、聴覚、肢体不自由、外傷や意識障害で一人では来院できない人などである。

これらの人たちの病名は、外観（視診）ですぐわかる人たちもむろんあるが、見ただけでは病名などがすぐはわからない人たちも多い。私が専門にしていた内分泌・代謝領域に限っても、一目でわかるような病気には、甲状腺機能亢進症（バセドウ病）、甲状腺機能低下症、先端巨大症、痛風、アヂソン病、クッシング病、などがあるが、これらも軽度のものは視診だけで診断することは難しい。

典型例は、病院に限らず街や交通機関の車内で見ても容易に診断がつく。甲状腺機能低下症などは、話している言葉（発語）の特徴から簡単にわかると言える。内分泌疾患のホルモン欠損症では、多くはホルモン補充が簡単なので治療は容易である。ただインスリンの補充療法は、通常人は三回食事をし、しかも食前と食後では食事量が異なり従って補充量が異なるため補充療法は一般に難しい。インスリン注入ポンプが使われる理由である。

病院で自分が診察室になかなか呼び入れられない（順番が来ない、遅い）、と苦情を言う人は、甲状腺機能亢進症の人が多い。気がせいて、とてもおとなしく待っていることができない。手が震えて、文字を端正に書くことが難しい。喉の正中付近に甲状腺腫があれば確実である。苦情を申し立てる患者さんは、練達の職員なら喉の腫瘤や皮膚症状、発語、書字などから甲状腺機能亢進症を容易に疑うことだろう。

先端巨大症などは容易に気付きそうに思われるが、いつも接しているとかえって気付きにくいようである。逆に何年か会わないで久しぶりに再会した友人などにはよくわかる。私も級友が患った本疾病を見つけたことがある。残念ながら顔貌の異常は治療が難しい。一般にホルモン過剰疾病は、適正な治療が難しい。過剰を正常範囲に戻すのは長年の治療でも意外に難しい。

ヒトは昔からハイブリッド

クルマのハイブリッドは一九九七年のプリウス（トヨタ）が世界初であった。ガソリンと電気、両者の動力源を併用するので「ハイブリッド」であった。ヒトはどうであろうか。実はヒトは昔からハイブリッドなのである。図はヒトのエネルギー源がハイブリッドであることを示すものである。

ヒトの筋肉運動の際使われるエネルギー源は大きく分ければ二つあり、脂質と糖質である。運動の種類で言えば、強い運動と弱い運動である。強い運動とは典型的には「走る」ことであり、災害や危険から走って逃げることが一つ、もう一つは狩りをするとき獲物を追跡するために走ることである（図左）。逃げる中には先の東日本大震災（二〇一一（平成二十三）年三月十一日）のように、津波から逃げることは最も強い代表的な運動である。この場合、筋肉のグリコーゲン、血中の遊離脂肪酸、血中の中性脂肪などが大略一対一対一の割合で燃やされる

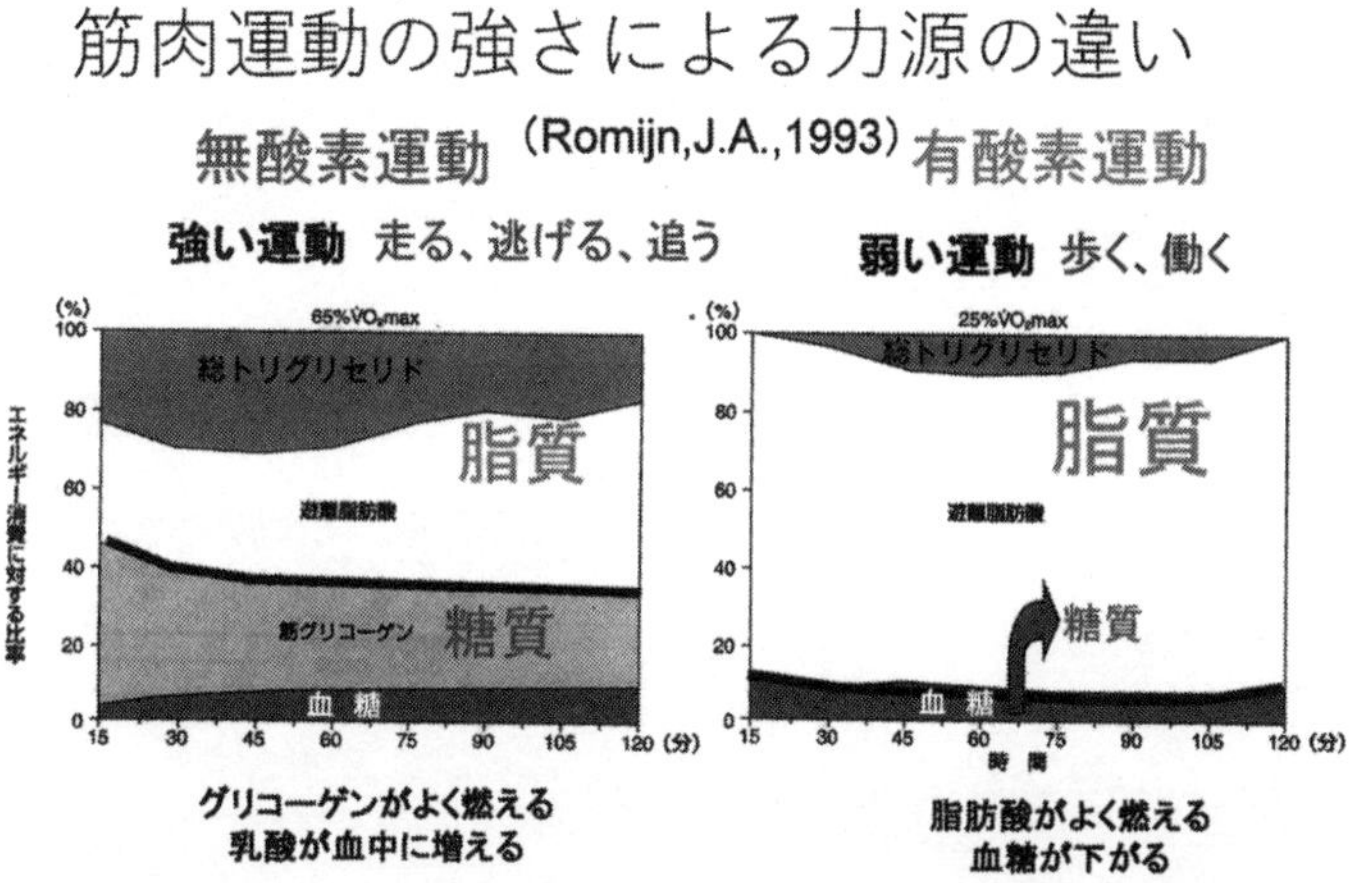

（図左）。弱い運動とは、筋肉労働や歩行運動のように長時間にわたって持続的に行う運動であり、農業、漁業、運搬作業、歩行運動、デスクワークなど長時間にわたる労働である（図右）。この場合の力源は遊離脂肪酸、中性脂肪の脂質が大部分（八〇〜九〇％）で、残り一〇％以下が糖質である。脂質はヒトの長時間筋肉運動の際の主要力源であり、体内では主に皮下脂肪、内臓脂肪などとして大量に貯蔵されている。

　私は、先の東日本大震災より八年前（二〇〇三年）に岩手県田野畑村を訪ねたことがあり、何トンもある巨大な岩が海抜二十数メートルの山間の畑に打ち上げられているのを目撃した。一九三三（昭和八年）三月三日に発生した巨大地震により襲来した大津波が運んだものである。その大きな岩がかつて

岩手県田野畑村の畑に打ち上げられた
大きな岩（昭和三陸津波のもの）

は波打ち際にあった証拠として、表面には多数のかき殻が付着していた（写真）。津波の襲来からしばらくの間（人の寿命では二代から数代の時間）人々は海に近いところに居住しないように山側などの高所に住んでいるが、時が経過するにつれ次第に忘れられ、再びもとの海に近い場所に住居を構えるようになる。これが生業（漁業）には至便であることが最大の理由であろう。こうして残念ながら津波による人や家屋の被害は繰り返されるのである。因みに近年東北地方を襲った明治三陸津波は一八九六年、昭和三陸津波は一九三三年、東日本大震災が二〇一一年である。

少し本題から外れたが、述べたいことは

ヒトにも強弱二種類の運動があり、長時間の持続的な運動は脂肪の燃焼により得ており、日常生活ではこの弱い運動、が生活上ほとんどの時間を占めている。しかし、もう一つの強い運動は緊急避難用であり、現在の生活では非常時の身を守る避難運動が主なものである。しかし地震、津波、火事などの災害時にはこれを使って命を守っているのである。

身体所見記載の活用と有用性

医学部では臨床医学学習の初期段階で、普通は診断学の中に含まれる身体所見の記載法を学ぶ。私どもの時代は医学部の二学年あたりから始まった。この時期の学習は実際の病気を持つ患者さんをまだ経験していないので、医師になったときには往々にして忘れられ、等閑にされている。また、その有用性も自覚されていないことが多い。

内科学会や内分泌学会での症例発表でも、身体所見は形式通り簡単に報告されることがしばしば見られる。しかし私のように実際の臨床医を数十年も経験してみると、身体所見は実に多くの情報を提供していることに気付く。

ごく最近も、ある研究会で副腎皮質刺激ホルモン（ＡＣＴＨ）単独欠損症の症例報告を聴いた。入院時（未治療時）の膝蓋腱反射を質問したところ、「正常でした」と受け持ち医は答えた。この場合、未治療時の所見を尋ねている。私は数例のＡＣＴＨ単独欠損症を経験したが、全例で初診時の膝蓋腱反射は低下していた。

ＡＣＴＨ投与後は速やかに正常化するので、未治療時でなければ腱反射の低下は認識されない。ＡＣＴＨ投与後は、副腎は直ちに反応し、血中あるいは尿中の副腎由来ホルモンは増加する。驚くべきことに腱反射は投与の翌日には回復傾向を示すのである。つまり腱反射は、非常に速やかに回復傾向を示すのが一般である。握力も、驚くべきことにＡＣＴＨ投与で急激に、翌日には回復に向かう。

もう少し例を挙げれば、甲状腺機能亢進症の膝蓋腱反射は「昂進」と記載されるが、正確には、程度の昂進以上に、反応時間（ハンマーで刺激してから腱反射が生じるまでの時間）が短縮されているのである。つまり、反応時間が著明に短縮する。逆に甲状腺機能低下症では、反応時間は大幅に遅延する。極言すればスローモーション映画のようにゆっくりと反応する。

以上の例では、腱反射は治療の効果を非常に早期に端的に主治医に教えてくれるのである。主治医は自己の診断に基づく治療法が正しく、さらに治療が予想通り有効でしかも予期通りに進行しつゝあることを確信できるのである。もちろん臨床検査も、治療が有効か否かを数字で定量的に示してくれるが、採血や採尿の手間と費用、時間がかかり、患者さんは若干の苦痛も伴うのが一般である。

膝蓋腱反射ならば一日朝昼夕と三回行っても一円もかからず、患者の苦痛もない。医療費の節約に資することは言うまでもない。しかしこれは、医師が膝蓋腱反射に習熟していることが大前提である。私がこれらの事実に気付いたのは、身体所見習得に慣れ親しむ期間（十年以上）を経験して以後である。すぐに習得することは難しいが、いったん習得すればまことに有用な検査法と言えよう。

私にこれを教えて下さったのは阪大第二内科教授であった西川光夫先生であり、先生は回診されるすべての患者に腱反射をもれなく実施されていた。私は門前の小僧習わぬ経を読む、を実践しているうちに知らぬ間に身についたものである。記して満腔の謝意を表する。

傍目八目

久大に就任する前、まだ阪大にいたころ、いつもの外来主治医が外国出張などで月単位、または年単位で外来診察ができなくなることがある。そこでその外来主治医に代わって診察する（代診）ことがたまに起こる。その場合、私は主治医がいつも診療している疾患以外の病気を合併していることを偶然見出したことが一、二にとどまらない。

この場合、なぜそうなるか考えてみると、その原因は実に平凡な事実に帰着する。すなわち見方、診察法がいつもの主治医と私とで違うことによる。普段はしない問診や診察を、診察医が変わったことで自然な流れで行うからであろう。私が経験した実際の病名で言えば、見つかった病気は肺結核、肝癌、胃癌などである。

肺結核では排菌の有無の迅速な確認が、感染症の結核を無用に広げない上で大切であるし、癌では病期によっては外科受診と治療が必要である。私は外来受け持ち医の意向に関係なく

（この場合、本来の主治医に了解を求める時間的余裕がないのが最大の理由である）、ケースバイケースで適切と思われる処置を施した。こんなことは滅多にないが、あれば遠慮は無用どころか有害であって適切に処理することは必須である。

こんな一、二の経験から外来主治医は時に意識的、機械的に交代することも必要だし有用だと思うようになっていた。特に比較的臨床経験年数の浅い、若い外来主治医にはこの制度運用は有効であるし、もとより外来患者にとっても利点があると考えている。

永い間同じ医師が同じ慢性疾患患者を何年も外来診察する場合、どうしてもなれ合いが生じる。同じ見方、方法で診察してしまう。これが恐ろしいのであって、時に違った目で見てもらうことが必要である。これを、まさに岡目八目または傍目八目と言うのであろう。これはおそらく医療に限らず他の分野でも役立つ方法だと思われる。

このような担当者の変更または交代は、医学以外の他の分野でもしょっちゅう行われている。日々目にするテレビの司会者またはアナウンンサーも人が交代するメリットや目的は、類似の事情によるのであろう。

政治家や自治体の長、国の長も時に代わることで大きなメリット、デメリットを経験する。昨年来のBrexit（イギリスのＥＵ離脱）や大国の指導者の交代は、大変大きな影響を国家や世界にもたらす。これが難しいのは、吉と出るか凶と出るかが当初はわからないことであろう。選挙以上の優れた指導者の交代法が今のところ見つからないようなので、しばらく様子を見、まずければ次回の選挙で別の候補者に投票する以外には道がないようである。

薬剤と副作用

臨床医が日常の臨床で最初に気を付けるべきは、薬剤の副作用である。私はありふれているが、これを一番に考えるべきだと思っている。卑近な例を挙げれば、別項（Ⅱ巻）の「クラビットと眩暈」などは代表例である。クラビットの主作用はもちろん抗菌作用である。私はこれまで咽頭痛や小さな炎症を抑えるために同薬の一錠一〇〇mgを愛用してきた。それで何も副作用や不都合はなかった。ところが二〇〇九年に五〇〇mg錠が新たに発売され、一日一錠一回服用でよいと薬局から渡された同錠を何の疑いも持たずに服用し、服用後三～四時間で猛烈なめまい、悪心、嘔吐、下痢に見舞われたが、これは別項に記した通りである。私の場合、中毒量は一〇〇mgと五〇〇mgの中間にあったと考えられ、五〇〇mgは明らかに中毒量であった。もちろん薬物の代謝速度には個体差があり、私の場合はこれが多くの人より遅かったと思われる。

多くの薬剤では、当然、開発の目的に沿った作用が主作用として記載され使用されるが、その作用は決して単一ではない。ヒトによっては、この副作用が主作用より強く表れる。五〇〇mgは私の場合、催吐作用が強く、抗生剤と言うより催吐剤と言った方がよい強烈な嘔吐作用を発揮した。

純系ではないヒトは千差万別であるがゆえに、薬剤の効果も千差万別である。しかし長らく使っていると、つい効果は一定不変であると思い込んでしまう。しかし当然ながら薬物服用後の代謝も個体差があり、千差万別なのである。

したがって日ごろ診療している慢性疾患の外来患者に思わぬ不都合が生じた場合、まず疑って除外すべきは薬剤の副作用による疾病である。薬を止めてもらって経過を見る。副作用なら不都合は直ちに消退する。こんな簡単な手続きが、臨床で案外行われていない。

私の経験でも、漢方薬の長期使用による低カリウム血、めまい、女性化乳房など比較的よく見られた副作用である。主治医は他院で処方された薬や、サプリメントを摂取していないかなど、よく聞いて、「お薬手帳」を参照しこれらを総合して判断することが求められる。

声と疾病

人の声はいろいろの疾病情報を伝えてくれる。重い病気の人の声はもとより弱々しい。発声に関わる病気も少なくない。ここでは私が最も印象的であった声について書いてみたい。

昭和三十八（一九六三）年頃、私は医学部内科系大学院の博士過程の終了を控え、三重県松阪市の総合病院に出張していた。ある日の内科外来で、何か聞き慣れた声が隣の診察室から聞こえてくる。あの声はあの患者さんかな、と一瞬思ったが、大阪から一一〇キロ以上も遠く離れたこの地でそんなはずはない、と思い直した。それにしても特徴のある話し言葉である。文章で表現するのは難しいが、まったりと遅く、口に物を含んで話すような話し声である。やがて思い出した。これは甲状腺機能低下症の患者さんの話し声だと。

入局して最初に先輩上級医から引き継いだ病名「冠動脈硬化症疑い」の患者さんは、当時の木谷威男教授からの「一度ＢＭＲを調べてみたら」の助言から、一挙に解決することになった。BMR（基礎代謝率）は、確かマイナス四〇％で、心電図では徐脈、ST低下とT波平低化がある。注意深く検査成績を見るとコレステロールが高く、貧血もある。何より全身状態では軽度に浮腫状であり、膝蓋腱反射もアキレス腱反射も完全に消失している。身体動作はゆっくりしていて、話し言葉もゆっくりと緩徐でやや聞き取り難い。頭髪も薄い。

概括すれば、この患者さんは甲状腺機能低下症（粘液水腫）の典型例である。この患者Mさんは、当時の甲状腺末を少量から漸増投与することで見事に健康を回復した。腱反射、貧血は正常に復し、何よりも発語がなめらかに、明瞭になった。動作も機敏に、頭髪も黒々と立派に再生した。私はその後約十例の同疾患患者を経験したが、女性の患者さんは頭髪が増加し、黒々と回復する（若返り）ことを何より喜ばれる。

そこで、話は松阪での声の主に戻る。その日の外来終了後、隣の外来主治医に確認してみた。果たして、甲状腺機能低下症であった。

ビギナーズ・ラック

なぜこの声が私の記憶にこびりついていたか。

それは、木谷威男教授の講義係として、この甲状腺機能低下症の患者さんの声を録音し、治療に伴って回復する過程を経時的に追跡したことが大きい。当時は今のようなペン型のデジタル録音機ではなく、デンスケと呼ばれた長い磁気テープのリールを用いる大型の重い録音機で、これで患者さんの回復過程の会話を録音し臨床講義で使用したことが、声の記憶として残ったものであろう。臨床講義は素晴らしい経験を私に与えてくれた。

ビギナーズ・ラックという言葉がある。大学院の仕事を終えて義務出張で出た病院の医療で、私もこれを経験をした。学生時代教科書で見た粟粒《ぞくりゅう》結核の胸部X線写真とそっくりの写真を若い外来患者の両肺X線写真に見たときは、素直に感動した。この患者は他にも療養生活に問題があり、病院を抜け出しての競馬場通いをやめさせる（生活指導）のが一苦労であった。また、心臓疾患が原因で脳虚血を生じるアダムス・ストークス症候群（この例では極端な徐脈）なども経験した。さらに外傷性右季肋部打撲による肝破裂と急性大量失血、肝膿瘍による白血病とまがう白血球増多症（五万／㎣）、子宮外妊娠による急性腹症などなど。

特殊救急部が発足する以前は、まず内科の時間外診療でこれらの急性腹症を取り扱った。これらの疾病を私は義務出張して半年余りの期間に立て続けに経験した。これらの疾病の多くは、医学部の学生時代に講義で知った疾患である。大学病院では、診療科も多く、何よりも慢性疾患で診断治療に難渋する疾病が大半で、急性疾患患者が来院する機会は少ない。勢い遭遇する機会にも恵まれない。当時の地方病院では、これらの新鮮な病気、教科書のみで学び知った疾患を実際に多数体験することができた。大げさに言えば、医学部で紙の上でのみ知った疾患を学ぶ意義を実際に体験し、医学部の教育の意味や価値を実感することができた。端的に言えば、めきめき治っていく患者を目の当たりにして医師になった喜びを初めて経験したのである。

医学（医療体制、システム）の進歩は確かに急性疾患の治療医学分野の発展に寄与し、視野を広げて見れば、確かに社会全体の安寧に寄与している。が、医師養成の観点から見れば、分化は必ずしも十全ではない。分化と総合は絶えずチェックしながら進めなければならない社会の仕組みのように思われる。

マスクの流行と効用

近年、街でマスク姿の人を見かけることが珍しくなくなった。私が若者だった時代は風邪を引いている人が他人に風邪をうつさないようにマスクをした。風邪が流行っているときは「ああ、そうか」と納得した。最近では花粉症の時期がそうである。これは花粉が気道に入るのを防ぐためである。もちろん黄砂の時期などは吸入を予防するためである。

ところが最近は、これらのいずれでもないときもマスクをする人が結構いるようだ。マスクをしたままで他人に話しかける。これを当人は何とも思っていない。しかし昭和一桁生まれの私などは違和感を覚える。マスクは外して人に話す方が話しかけられる方は気持ちがいい。礼に適《かな》っている。マスクは本来、他人に顔を見せたくないとき使われた。言うなれば匿名で顔面（身分）を隠して他人に接しているわけだ。極端な場合、泥棒、強盗など犯罪を働くときに使用された。これに私などはこだわる。自分は匿名で身分、顔貌を明かさないで、隠して他人に道を尋ねたり話しかけたりする。それが違和感の主な理由である。

以前、天野祐吉氏の随筆を読んでいるとき、氏もマスクに違和感を覚えると書いておられた。氏は私と全くの同年齢でかつて旧制中学で机を並べたこともある。氏と私は完全な同一世代である。云いかえれば世代間の感性の差が存在することになる。

マスクをした人と話をしてもその人の容貌は、目から上以外はマスクされて記憶に残らない。それほどまでにマスクは匿名性があることになろう。だが、これが防犯カメラなどに記録された場合はどうか。画像診断の専門家には、どうやら通じないようだ。顔がわからなくても、人が歩行運動をするときはその人物特有の歩き方をするらしい。顔を隠しても全身像が動く画像から個人を特定する技術が進んでいるようだ。これがうんと進めばプライヴァシー保持のためにマスクをする価値はなくなるわけだ。

私たちの世代に限らず、顔貌が不明な人物（得体の知れない人物）と目だけ合わせて意思を疎通させることなどできない相談である。匿名性が片方にだけある人間関係は、発展も持続性もあり得ない。

共立病院の七年十カ月――最も幸せな時代

自分史を大学入学以来に分けてみると、学生から助教授までを過ごした阪大時代（Ⅰ）、久留米大学教授時代（Ⅱ）、次いで佐賀県の静便堂白石共立病院時代（Ⅲ）、現在の市立貝塚病院時代（Ⅳ）となる。現在は第四の人生を歩んでいることになる。フルタイムで働いたのはⅠ、Ⅱの時代でありⅢ、Ⅳは週二勤である。第四の人生は悠々自適で好きな野球を見て過ごそうと思っていたが、昨今の医師不足で心ならずもⅣを過ごしている。もともと風邪引きや腹痛を診療できる医者になれればいいと思って医学部に入った。しかし恩師の西川光夫教授、垂井清一郎教授に学問の面白さを教わり、いつのまにか前記の人生を歩むことになった。

さて、共立病院時代である。久留米大学で五千日を過ごし、九州の人・風土をある程度理解した上で働いた共立病院時代は、私の医師人生で最も楽しく、幸せな時代であった。教授時代、私は新しい分野の内科教室（内分泌・代謝内科または第四内科教室）を一から立ち上げるために孤軍奮闘していた。教室員も同門会員もわずかの人材であったが、その当時から故中野正保先生、次いで沖田信光先生が長期にわたり同門会長として久留米大学第四内科を強力にサポートしていただいた。就任当時は全く未知の沖田会長には本当にお世話になった。いつか何らかの形で報恩をという気持ちが、退職後共立病院にお世話になった最大の動機である。

就任してみると、共立病院では意欲と能力のあるスタッフに恵まれた。糖尿病診療は突き詰めれば今までの個人生活史の歪みを根気よく正してゆく作業である。言いかえれば、運動の不足、食生活の誤りを本人の自覚のもとに矯正していく過程である。そのために患者さんを理解し、意思の疎通を図り、同意納得のもとに主体的に行動してもらうことが重要である。

白石時代に行った臨床研究はどれも思い出深いが、血糖自己測定でクーロメトリーを使った測定法の臨床応用、固定観念化している指先採血の追放（指先以外の皮膚採血の有用性確立）、皮膚採血の時間遅れの否定など、血糖自己測定法の確立は大きなブレイクスルーである。またメチルビグアナイドの最大使用量の引き上げの妥当性を証明した論文、速効型インスリン分泌促進薬の服用時間の検討などは、今後の糖尿病臨床にインパクトを与える仕事だと考えている。これらは皆、患者さんと対話する中で発想した仕事であり、結局患者さんに導かれた研究と言えよう。私たちを取り巻く臨床研究の種子は、いわば無限である。タイトルに「最も幸せな時代」と記す所以である。

Ⅳ時代、今の私は貝塚病院内科の入院患者の回診を担当し、血管病、感染症、悪性腫瘍の大群に囲まれているが、このうち大多数が糖尿病を基礎疾患に持つことに改めて驚嘆している。

『人間そして愛（Ⅲ）——特定医療法人静便堂五十周年、白石共立病院三十周年』（二〇一一年九月、三〇頁）より

胎生期の教育

最近、これからの教育について講演する機会が与えられた。私の受けた教育を回顧してみると、いくつかの複数の動機が私を鍛え動かし、否応なしに今日の私を形成してきたことがわかる。最大の実体験であり歴史認識でもある強烈な衝撃は、わが国の第二次世界大戦の敗戦と焼け野原であり、すべての主義主張は自己の頭脳で判断し行動すべきであることを骨身にしみて教えられた。

また、学校教育で出会った素晴らしい先生方を思い起こしてみると、経歴・学歴が多彩な先生方であったことに気が付いた。人は十人十色であるがゆえに、ちょうど抗原と抗体のように、教師と生徒の間に励起される人間関係も人によって全く違う。また、多くの恩師は青年期に中学校（旧制）の教壇に立った経歴を持っておられる。結局、人生の多感な時期に優れた人生の先達（人間の職業モデル）に邂逅することの重要性は多言を要すまい。

このようなことを考察した上で私の出した結論は、学校教育に現状以上に多彩な教師を配置することと総括することができる。そのために広く各界の優秀な若手を、ちょうど昔の徴兵義務に応ずるように、二〜三年間、小・中学校の教師に任命し、初等教育に従事させる。また、最近話題となる団塊の世代の人々の退職後も、小・中学生の少人数教育に当たってもらうのである。教育の理想は一対一であると私は考えている。

このことのメリットは、少なくとも二つある。第一は、この時期に将来の職業選択のモデルに接する機会を小・中学生に与える。第二に、若い教師や熟年の教師にとっても約十年、五十年後輩の若者を理解する機会が得られることであろう。

私は現今社会の理解を絶する子殺し、親殺し、朋輩殺しは、動物であるヒトを人間に変える幼児教育、小児期・思春期教育に問題があるためと考えている。人を傷つけるな、殺すな、盗むなといった社会を構成するために必須の不文律は、この時期にいわば刷り込まれなければならない。もっと人材と資力と時間を注がなければ今の混乱は解決できないであろう。

それではもっと以前の、主題である受精の瞬間から出生までの胎児教育は、いかにとらえるべきであろうか。体内での環境汚染については生化学、衛生学、病理学等の立場から研究が進められている。本学会（日本糖尿病・妊娠学会）の成果もあって、糖尿病の影響などは、今では比較的よく知られた事実に属するであろう。しかし、母体の精神・社会生活が影響する胎児の在胎期間の環境は、出生以後の人の精神形成・性格形成・行動様式にいかに関わっているのであろうか。

母体内にいる胎児は主として、聴覚によって母と交信しているらしい。母の声、母の胎内で聞こえる各種の音を聞いて胎内を過ごす。胎児への母親の話しかけのことをmotherese（一九七〇、米国）と称し、胎児期、新生児期、乳児期には非常に大切なコミュニケーションであるらしい。意味は不明でも母親の気持ちは伝わるという。まさにボディーランゲージの極致である。これが欠けると、反応の乏しい子供に育つと言われている。

母のイライラは子に伝わり、逆に豊かなマザリースを浴びた子は、よく笑い、情緒の発達が順調で、言語機能の発育も良いのだそうである。胎内での児には、またある種の記憶が残り、胎内記憶と呼ばれている。胎内記憶は子宮内の記憶、体験となって人格形成に影響すると言われている。空間認識や自己の姿勢認識、四肢の位置関係などは、この時期に発育するのかもしれない。

体内環境と母の豊かなマザリースは、まさに初期中の初期の教育の基礎をつくる重要な発達段階であり、これが欠けると重大な欠陥が生じる可能性がある。今後の研究の発展に期待したい。シェークスピアも言っている。There are more things in heaven and earth, Horatio, Than are dreamt of in your philosophy.（この世の中には、お前さんの哲学なんぞでは及びもつかないことがたくさんあるのだ：Hamletより野中拙訳）

「糖尿病と妊娠」八巻二号（二〇〇六年）「巻頭言」より

「産直」と長女誕生

わが家の長女の名前は最子《いとこ》と言う。私どもが留学中に生まれてきた。デトロイトで生まれたので Detroit からイトコと命名した。家内と広辞苑をとっかえひっかえめくって考えている最中に、家内が見つけ出した。『枕草子』によく出る「〝いと〟おかし」の〝いと〟の漢字は「最」（さい、いと）である。当時の私の勤務先が Sainai Hospital であり、このサイにもかかっている。

一九六九年五月二十一日の早朝である。三時過ぎに陣痛が始まり、まだまだと思っているうちにどんどん分娩が進行し、三十分くらいで自宅分娩になってしまった。

当時は、今もそうだと思うが、医学部の最上級生になると二人一組で附属病院に泊まりこんだ。当然現今の薬剤投与による陣痛誘発出産はなく、出産時期は選べない自然分娩である。いつ生まれるか不明なので、予定日の近い産婦に備えて学生も当直する。これを「産直」と呼んでいた（産地直送ではない!!）。私たちは運よく確か三組くらいの出産に立ち会うことができた。

産科では、出産の際に胎児が長軸に沿って回転しながら母体の産道を通って娑婆に出てくる。これが重要で、今では覚えていないが産科の試験問題のヤマである。また産婦の会陰が損傷しないように、会陰保護（Dammschutzと呼んでいた）をしなければならない。これがまずいと会陰、膣に裂傷を残す。私もそれはかろうじて覚えていたが、なにせ十年以上も昔の学生時代の記憶である。保護の手技は不完全で、入院後産科医に縫合してもらう羽目になった。それはともかく、かねてから依頼済みの後輩の同窓M博士に早朝から電話して来宅していただいた。五歳の長男を看てもらうためである。

会陰保護は失敗したが、出産直後の新生児の口内清拭は覚えていて手早くタオルで口内の羊水をぬぐい取り、これが成功して新生児はチアノーゼもなく大声で泣いてくれた。当時私どもはデュプレックス（二戸一住宅）に住んでいたが、泣き声に目を覚ました別室に寝ていた長男（当時五歳）が「うるさい!!」と叫んだのは昨日のことのように覚えている。

産科主治医のF先生に電話したところ、すぐ市の救急隊に連絡してくれ、まもなく担架を持った二人の隊員が救急用のキャデラックで来宅し、妻が抱える新生児と二人をさっさと救急車で私の勤務する病院の産科まで運んでくれた。ただし自宅出産の新生児は「不潔」とみなされ、新生児室には入院できない。家内と同部屋の個室に新生児用のベッドを入れ、二人一部屋となったが、これは家内にはむしろ安心であった。当時Sinai Hospital of Detroitの医療保険は私の場合Semiprivateであったが、たまたまその部屋では同室入院患者はなく、幸運にも個室同然の扱いになった。

当時からわが国の産科とは全く異なり、産婦・褥婦の食事は何ら特別でなく、三〜四択の献立の中から早速ビーフステーキを選択して家内はご機嫌であった。入浴も自由であり、早速シャワーを使ったようだ。

翌日研究室で今朝はこれこれと話すと、当時研究室に実習に来ていた学生R君が早速シガーを買ってきてくれ、ドクターこうするのだと、私の胸ポケットに数本入れてくれた。聞きつけた研究所の人たちが次々にcongratulationと祝福してくれ、同時にシガーを一本抜いていく。なるほど。名前はと聞かれてItokoにしようと思っていると言うと〝Oh Aitoko〟と発音し、わが家では今でもAitokoで通っている。

Sinai Hospitalはユダヤ人の病院である。男児は割礼するので一週間くらい入院するが、女児はそれがないので入院期間は三日くらいだった。幸い彼女はすくすくと育ち、当時のシカゴの日本領事館に出生届を出し、成人するまでは日本と米国の二重国籍であった。

医学教育で万全を期すことは難しいが、医師であればこれは知っておけ、がいくつかあり、お産は下肢切断などと並んでその一つであった。私の場合かろうじて役に立ったのが、十年以上昔の産直実習であった。

これより五年前長男出産のときは、予定より二週間早く陣痛が始まり、私の泊まっていた内分泌学会開催地福岡の宿舎に電報があり、急いで松阪まで帰宅したが出産には間に合わず、二人目で何とか心理的には埋め合わせをした気分であった。

善道寺法主さんの糖尿病治療

久大在職中の一時期、浄土宗大本山善道寺の法主さんの治療を受け持っていたことがある。初診時から糖尿病性腎症による腎不全が病気の本体であった。この病気は長年の糖尿病治療が効果を挙げず、腎臓の機能不全に陥る病態である。治療はタンパク質の摂取を制限することが重要で、厳格な食事療法を持続することである。

善道寺では大本山ゆえに修行中の僧侶も多く、全体の食事を管理する管理栄養士が在職している。これが重要で、また幸運であった。法主さんの食事は専門職によって完全に把握され実施されていたようだ。また、これを受け入れて決められた食事療法を厳守された患者さんご本人の精神力、忍耐力、闘病力が素晴らしかった。

このような状況で腎機能は長年一定レベルに維持することに成功していた。しかし、このままで病状が推移するとの見通しは楽観的に過ぎたようである。糖尿病性自律神経障害が徐々に進行し、自律神経異常（排便機能）に異常を訴えることが多くなった。結局これが命取りになったと思われる。初診時の腎機能不全からすれば、十年近くもよくがんばられ、天寿を全うされたものと考える。

なぜ糖尿病になるのか

最新（二〇一六年）の「国民健康・栄養調査」（厚生労働省）によれば、糖尿病を強く疑われる人、糖尿病を否定できない人が、いずれも一千万人に達するとみられている。なぜこんなに糖尿病が増えたのか。

この理由を私なりに考えてみたのが、次の考察である。

ミトコンドリアDNA分析の結果では、私たちは約五万年前にアフリカに出現した人類の子孫とみられている。そのころ私たちの祖先は、草の根、木の実、魚、小動物などを捕獲して食物にしていた。当時は冷蔵庫も冷凍庫もないので、食物の豊富な季節にはできるだけ沢山食べ、エネルギーを体に脂肪として蓄えた。食べ物の種類には無関係に、余分に食べた栄養素はすべて脂肪として蓄えられる。脂肪は軽くて、しかも一グラム当たりのエネルギーをたくさん持っているので、食べ物の少ない季節にはこの脂肪を少しずつ使って生き延びた。今でも熊などの冬眠動物はこのような生活をしている。

　しかし約一万年前に、人類はついに今のイラクでコムギを栽培する技術を獲得したと考えられている。また、中国揚子江流域の河姆渡《かぼと》遺跡でも八千年〜一万年前にはコメを植え、収穫する技術をすでに持っていた証拠が発見されている。つまり約一万年前から人類は食物を栽培し、貯蔵し、必要に応じていつでも食べることのできる今の文明に近い生活様式を手に入れたとみられる。糖尿病、肥満、痛風などの代謝病はそのころから一部の富裕な人々に観察されている。しかし大部分の人類は、飢え死にしないように食いつなぐことに精一杯で、一般には痩せていたので、糖尿病はほとんど知られていない。

　私たちの体には、飢えに備える様々な機能が備わっている。食物が足りないときに生き延びるために役立つホルモンとして、グルカゴン、アドレナリン、副腎皮質ホルモン、甲状腺ホルモンなどが豊富にあるが、五万年の間飢えと戦い、生き延びるためにこれらのホルモンが必要で重要であったと考えられる。逆に食物が豊富なときに食べた食事を蓄えるホルモンはほとんど唯一、インスリンに限られている。すなわち約五万年の人類の歴史上、大部分の時間は飢えとの戦いであった。私たちは長く厳しい選択の時代を経て、飢えには強いが飽食には弱い肉体を持っている。

翻《ひるがえ》って今の時代は戦争、紛争、災害がなければ何億、何十億という普通の庶民が食料を安く豊富に入手できる時代である。ある意味で飽食の時代であり、糖尿病や肥満が地球規模で増えているのは、長い人類の発達史ではほとんど初めての事態である。脂肪を貯め込むインスリンは働きづめで、休む時間がない。見方を変えれば、現代はインスリンを作る膵臓の受難の時代と言えよう。地球規模で眺めれば、わが国も含めた中国、インドなどアジア諸国、太平洋の島国は糖尿病の罹患率の高い地域だが、これらの地域は歴史上大きな飢饉に見舞われた地域でもある。飢饉に弱い人たちは子孫を残せず、強い人の子孫、すなわち私どもが生き残ってきた結果だと考えることが可能である。

私たちの体の仕組みは、含水炭素と脂肪の二つの力源を持つハイブリッド仕様である。含水炭素（糖質とも言う）は脳機能の維持に必須だが、他にも緊急事態での急激な筋肉運動の力源にも使われる。例えば食料になる小動物を追いかける、地震や津波、戦争などの災害から逃げるときは、筋肉や肝臓に蓄えられた少量のグリコーゲンを使用する。このように急な激しい運動には含水炭素が使われるが、貯蔵量が限られているので使い果たしてしまい、長い時間には対応できない。せいぜい数分から数十分の時間に限られている。含水炭素は重いので、体はせいぜい一日分しか貯蔵できない。貯蔵臓器は肝臓と骨格筋である。

一方の脂肪は、体の中では方々の部位に豊富に貯蔵されている。腹腔内内臓脂肪、皮下脂肪、一部は肝臓や筋肉にも脂肪は蓄えられている。災害・戦争などで食物が入手できないとき、何日も、時には何週間でも生きていられるのは、この豊富な脂肪をエネルギー源として生活できるからである。脂肪は先にも述べたが重量が軽く、グラム当たりの利用可能なエネルギーが大きい。体全体では何キログラムも大量に蓄えられているので取り出せるエネルギーは大きく、貯蔵に適している。

私たちの生活を振り返ってみると、平時の生理作用、精神作用、呼吸、循環、消化吸収、筋肉運動に必要なエネルギーは大部分脂肪から得ている。私たちのほとんどの生活時間の労働、筋肉労働、育児・家事、勉学は、脂肪を燃やして賄っていると言える。人類は脂肪を使って長い時間働き、文明を創造して今の近代社会を作り上げたと言ってよい。

一方、平和が続き、経済や流通機構、交通機関が発達し、コンピューターや機械がヒトの精神・筋肉労働の代わりをする現代、食糧が豊富な時代では、脂肪を使う機会が減り、肥満する人が増えるようになった。最近、脂肪は単にエネルギーを蓄えるだけではなく、いろいろな生理活性物質を分泌することがわかってきた。この中にはブドウ糖の利用を妨げ、血糖を上げる物質、動脈硬化を促進する物質、逆に抑制する物質も含まれている。したがって脂肪を貯めすぎる肥満は、結局糖尿病にはマイナスに働くことになる。平和な時代に脂肪を大量に蓄積しておくことは、糖尿病などの代謝病や動脈硬化を誘発するだけでメリットがない。やはり標準体重に近い体重を維持することが、糖尿病、高血圧、心臓病、脳梗塞、四肢壊疽などの動脈硬化を発病しない上で非常に大切である。

このように糖尿病を含めた生活習慣病の上流には肥満があるので、肥満を起こさないことは糖尿病や多くの生活習慣病の予防に非常に重要である。そのためには、食事を適切な量（必要量）だけ摂取すること、および適度な筋肉運動を続けて行うことが肝要である。こうすれば膵臓の負担を減らして糖尿病の治療に大きく貢献する。筋肉運動は体調を整え健康を増進するだけではなく、頭脳（精神）の働きも活発にし、仕事もはかどるので非常に貴重な習慣である。偉大な哲学者カントが散歩を日課としていたのは偶然ではないと私は考えている。ただ、歩行運動や体操は長年月続けて実行することは、単調になり、継続が難しいことも事実である。そこで、ご自分の好みに合わせて運動療法を工夫して続けることが必要である。スポーツや水泳をしたり、フィットネスクラブに通ったり、ゲームソフトを利用して運動したり、観光地を歩いて巡ったり、いろいろやってみて好みに合う筋肉運動を見つけ出すことをお勧めする。筋肉運動は、血糖を下げるために経済的で安全な方法である。ＳＵ薬（スルホニル尿素薬）やインスリンを併用していない限り、低血糖も招来しない。

糖尿病、特に2型糖尿病の治療の基本は運動、食事、そして最後に薬物であることをもう一度思い出して、合併症のない人生を送るようぜひ心がけていただきたいと考える。

『糖尿病テキスト（糖尿病患者さん向け）』（市立貝塚病院編、二〇一〇年、一〜三頁）

低血糖

1. 脳はブドウ糖を燃やして（食べて）働いている

読者は糖尿病と診断され治療を始めるとき、特に薬剤を処方されたときに「低血糖」という言葉をお聞きになったと思う。低血糖とは、血液の中のブドウ糖の濃度が限界値（専門用語では閾値といい、普通七〇～一〇〇mg／dLくらい）を下回って低下した状態を指す。

低血糖になると、汗ばむ、手が細かく震える、体がカッと熱くなる、心臓がドキドキする、気分が落ち着かない、物が二重に見えるなど、普段と違う状態になる。これを低血糖症状と言う。血糖を測定すると、例えば五〇mg／dLに下がっている。放置すると、血糖はさらに下がり、意識が混濁し倒れてしまう。ゆえに低血糖症状が出たときは、ブドウ糖を飲み、血糖を早く回復させ、意識レヴェルを上げることが正しい処置になる。

私たちが五感（見る、聞く、嗅ぐ、味わう、触れる）を使って周囲の状況を把握し、未来を予想して考え、判断して生活でき、頭脳作業や筋肉労働ができるのは脳がシッカリと働いているお陰である。

では、脳の動力源(燃料)は何か。簡単に言えば、ブドウ糖と酸素が二大要素である。この二つが無事に供給されてこそ脳は健常に機能できる。これが一方または両方断たれると、脳は十分働くことができず意識が混濁してしまう。脳の大きさは体重の二%ぐらいだが、心臓から出る血液の実に二〇%を使用している。それだけ活発に脳はブドウ糖と酸素を消費して二十四時間働いているのである。眠っていても脳は一部働いているので、睡眠中もわずかな物音や匂い、揺れなどで目を覚ます。

私たちが元気に生きていけるのは、脳が十分機能しているからである。ブドウ糖は非常に大事な掛け替えのない脳のエネルギー源である。しかし脳はブドウ糖を蓄えることはできないので、絶えず外部や他臓器から供給されなければならない。この供給はもちろん主に食事によるのだが、空腹時や夜間は肝臓が蓄えたブドウ糖を放出して脳に供給している。肝臓は常に食事で摂取したブドウ糖をグリコーゲンとして蓄え、ブドウ糖が少ないときにはこれを分解して血中に放出し、あるいはタンパク質や脂肪をブドウ糖に変換させながら、必要に応じて脳や筋肉に供給している。ダムと水道、蛇口の関係と類似である。

2. 血糖が調節される仕組み

ところで糖尿病は血液のブドウ糖が余分にある（ありすぎる）病気である。したがってＳＵ薬やインスリンは余分のブドウ糖を肝臓や筋肉にグリコーゲンとして蓄え、さらに余ったブドウ糖は脂肪に変えて蓄積する働きをしている。皆さんの血糖は、空腹時には七〇〜一一〇mg／dLに、食後は八〇〜一四〇mg／dLを目標値に治療されているが、いつもこの目標が達成されているわけではない。薬が足りなければ高血糖になり、多すぎれば低血糖に傾く。ＳＵ薬、グリニド薬などのインスリン分泌促進薬やインスリン自体のちょうどよい適量を、タイミングよく与えることは簡単ではないのである。

労働（筋肉運動）や運動が激しければブドウ糖は筋肉でもたくさん消費され、食べる量が多ければブドウ糖はあり余る。体の状況をよく判断してどの臓器へブドウ糖を送るか、または一時的に肝や筋肉、脂肪組織に貯めるか、これも実は脳が計算し、決定しているのである。これを、脳の自律神経機能と言う。

これらの自律神経機能が故障なく働いているので、糖尿病の治療薬を使用しなければ、低血糖は起こらない。低血糖は、高血糖（糖尿病）を治療して正常血糖値にしようと薬物を使うときに問題になる。これを医原性低血糖と言い、最も普通の、ありふれた低血糖の病態である。

3．なぜ低血糖症状が起こるのか――それは体の防御反応

これまで述べてきたように、脳はブドウ糖をいわば食べて働いているので、ブドウ糖が不足すれば（これが低血糖）脳はお手上げになる。それでは困るので、脳は何重もの安全装置を巡らせてそれに備えている。その中心の血糖を上げるホルモンにアドレナリン（エピネフリンとも言う）とグルカゴンが存在する。

血糖が低血糖域（普通七〇mg／dL以下）まで下がると、この情報は視床下部に伝わり、視床下部から副腎にアドレナリンを分泌するよう指令が出る。アドレナリンは肝臓に働き、肝臓はブドウ糖を血液中に放出して低血糖を回復させる。アドレナリンは肝臓以外にも心臓や血管にも働くので、先に「1．脳はブドウ糖を燃やして（食べて）働いている」で述べた低血糖症状が起こるのである。もう一つのグルカゴンはインスリンと同様、膵臓から分泌されるが、アドレナリンと違って体に反応を起こさないので、私たちにはグルカゴンが分泌されてもわからない（自覚されない）のである。詳しいことは省略するが、糖尿病では健康人と異なり、低血糖に対するグルカゴンの分泌は不足している。したがって糖尿病の低血糖では、非常に大切な血糖を正常に戻す役割をアドレナリンただ一つが担っている。つまり低血糖症状は、脳に危険が迫っていることを私たちに知らせてくれているのである。この意味で警告症状とも言う。

4. 低血糖の正しい処置

低血糖症状が出たときの正しい処置は、ブドウ糖一〇～二〇gをすぐ服用して血糖を正常値に戻してやることである。血糖が七〇mg／dL以上に回復すれば、低血糖症状は跡かたもなく消え去る。ブドウ糖はすべて小腸から吸収され血糖を上げるが、砂糖はブドウ糖と果糖がそれぞれ一分子ずつ結合したものなので、血糖を回復させる力はブドウ糖の半分しかない。砂糖二〇gがブドウ糖一〇gに相当することになる。したがって主に甘味料に砂糖を使っている飴玉やまんじゅうなどは効率が悪いこと、また意識レヴェルが非常に悪いときは、誤飲（窒息）の恐れもあるのでお勧めできない。

インスリンを処方されている患者さんでは、グルカゴン注射を診察時に処方してもらって家庭の冷蔵庫に貯蔵しておき、もし意識障害が強いときには家族が患者さんに皮下注射して病院に向かうのが最も望ましい処置になる（家族はこれに十分習熟しておくのが望ましい）。意識の状態は、呼びかけても答えがないときは、かなり重症で直ちに救急車で医療機関に向かい、病院や診療所で医師や看護師の治療を必ず受けることが必要である。

5. 無自覚性低血糖

ところが低血糖症状が出るはずの七〇mg／dL以下に血糖が下がっても、低血糖症状が出ないことがあり、これを無自覚性低血糖と呼んでいる。低血糖を一度以上経験した人ではアドレナリン過剰症状が出にくい。詳しい説明は省略するが、無自覚性低血糖の患者ではアドレナリンによる低血糖症状が出ないことがある。これは前述の閾値が低下し、例えば七〇→四〇mg／dLとなるためである。しかしブドウ糖を飲まずに放置すると、意識が混濁し、ひどいときは昏睡になるので交通事故などを起こしやすく、要注意である。無自覚性低血糖になりやすい人は、低血糖をすぐ手当てせずに放っておくか、手間取った患者である。無自覚性低血糖の原因は低血糖自体である。ゆえに低血糖はすぐ手当てして治療しなければいけない。

無自覚性低血糖の治療法は、血糖自己測定（SMBG）を使って、低血糖にならないように注意深く血糖をコントロールすることが肝心である。低血糖を起こさずに、二〜三カ月無事に過ごすと、低血糖症状が普通にまた出るようになる（医学的にはいったん低下したアドレナリン分泌閾値が再びもとの七〇mg／dLに戻る）つまり回復するわけである。この意味でも、低血糖はなるべく早くブドウ糖を服用して治療することが重要である。

『糖尿病テキスト』（市立貝塚病院編、二〇一〇年、四二〜四四頁）

おわりに

終活を控え、人生の足跡を残したいと、出版関係の仕事をしている弟野中周平、文江夫妻に相談し、これまでの仕事を纏めることにした。最初はすべて一冊でと思っていたが、エッセー集は縦書きが良いとアドヴァイスされ、論文形式の臨床医学の部分のみを別個に編集し、この部は横書きに、計二冊にすることにした。弟との共同作業は初めてで、身内に編集者を持つ生涯初めての特異な経験になった。エッセー集を独立させるにはエッセー数が少ないと言われ、生涯で初めて弟に叱咤激励され、一冊にする苦労もすることになった。エッセー部分（第Ⅰ巻）の書名、編集やタイトルは、すべて弟元案による。

中盤になって原稿を活字に印刷する過程で、論創社の松永裕衣子編集長、小山妙子氏に紹介され、編集と出版作業は同社に引き継がれた。松永さんには、全体の構成、活字の大きさやカラー頁でご助言をいただいた。小山さんには引用文献についていちいち原典に当たって確認して頂いたようで、まさに入魂の校正を頂いた。

写真はすべてカラーにしたいと希望したが費用の点から難しいとわかり、白黒で済ますことになった。八一頁の掲載作品については、原画を寄贈頂いた厳木町医師の黒木俊高先生、同町の黒木氏旧友の田久保秀俊氏、掲載を許可された中島潔画伯と、中島氏マネージャー、アトリエ・ウメの山根琴美氏に大変お世話になった。ジョン・レノンの訳詞掲載を快諾された大場章弘氏にも厚くお礼を申し上げる。

以上の諸氏のご努力の結果、本書がやっと世の中に出ることになった。医学論文（第Ⅱ巻）については、引き続きなるべく早く出版の予定である。ご尽力いただいた各位に深甚の謝意を表する。

野中共平（のなか・きょうへい）

昭和8年7月、兵庫県明石郡垂水町生まれ。大阪府豊中市在住。日本糖尿病学会会長、糖尿病学会理事、内分泌学会理事、糖尿病・妊娠学会会長、糖尿病学会九州地方会会長を歴任。

［略歴］

昭和 33 年 3 月　大阪大学医学部卒業
昭和 39 年 3 月　大阪大学大学院内科系修了、医学博士
「糖質の膜透過に及ぼすインスリンの効果に関する研究」
昭和 40 年 10 月 大阪大学医学部付属衛生検査技師学校専任講師
昭和 42 年 4 月　米国デトロイト・サイナイ病院研究部留学
昭和 53 年 8 月　大阪大学講師
昭和 56 年 1 月　同大助教授
昭和 60 年 6 月　久留米大学医学部教授（内分泌代謝内科学講座担当）
平成 10 年 4 月　久留米大学大学院医学研究科長
平成 11 年 3 月　久留米大学定年退職
平成 11 年 10 月 白石共立病院 名誉院長
平成 25 年 3 月　市立貝塚病院退職

［専門］

糖尿病の専門医教育、血糖の無痛採血法（指先採血の疼痛追放）、クーロメトリー法による血糖迅速測定法、糖尿病の食事療法、持続皮下インシュリン注入療法（CSII）の確立と代表世話人、低血糖症、無自覚性低血糖の発症機序、グルカゴン分泌と生理作用、個別医学の提唱 など。

野中共平著作集 I

糖尿病医の言い分

2019 年 1 月 10 日　初版第 1 刷印刷
2019 年 1 月 20 日　初版第 1 刷発行

著　者　野中　共平
発行者　森下　紀夫
発行所　論　創　社

東京都千代田区神田神保町 2-23　北井ビル
tel 03（3264）5254　fax. 03（3264）5232
http://www.ronso.co.jp/
振替口座 00160-1-155266

装　　幀　野村　浩
印刷・製本　中央精版印刷

ISBN978-4-8460-1779-8　©2019 NONAKA Kyohei　Printed in Japan.
落丁・乱丁本はお取り替えいたします。